Bruno und Waldi

gegen die Höllenhunde der Politik

Ein Buch von dem

BUBLERATOR

genannt auch Matthias Schiemann

Bibliografische Information der deutschen Nationalbibliothek.

Die deutsche Nationalbibliothek verzeichnet diese Publikation in der Deutschen Nationalbiografie, detaillierte bibliografische Daten sind im Internet über http://dnb.dnb.de abrufbar.

Lektorat, Cover, Herstellung und Verlag:

BoD: Book on Demand Norderstedt

ISBN: 978-3-7448-5736-9

Inhalt

Oh Geist in deiner Vielfältigkeit,

zu Füßen liegt dir die Ewigkeit,

um deinen Sinn zu begreifen,

wirst du erst

in vielen Welten reifen.

Ankunft im Himmel

Waldi, eine gutmütige Seele, war gerade auf dem Weg nach Hause, als ein verrückter Attentäter namens Helios ihn und zehn andere in den Tod riss. Ein helles warmes Licht schien vom Himmel herab und sie wurden freundlich dort oben empfangen. Für den Attentäter tat sich die Hölle auf.

„Welchen Weg willst du beschreiten, Waldi, den der Reinkarnation oder den der ewigen Engel? Du weißt, diese Frage bekommst du nur alle 1000 Leben gestellt", fragte der Herr.

Waldi antwortete: „Danke, Herr, da ich die Hölle kenne, fehlt mir im ewigen Himmelreich der Nervenkitzel."

„Lieber Waldi, du bist der einzige Erzengel, der dieses Angebot zurückweist. Ich respektiere deine Entscheidung. Du musst aber erst deinen Dienst als Schutzengel für deinen zurückgebliebenen Neffen leisten, bis dieser ins Jenseits kommt. Dann wird dir ein neues Leben gewährt", sagte nun der Herr.

So begab es sich, dass Waldi vom Himmel aus seine eigene Beerdigung als Schutzengel begleitete. In tiefer Trauer wurde der Sarg herabgesenkt und der unsichtbare Höllenhund Helios entkam für wenige Sekunden dem Reich der Finsternis. In diesen wenigen Sekunden gelang es ihm, Waldis Neffen Bruno paranoid werden zu lassen. Er pflanzte in dessen Geist eine psychische Krankheit. Als Bruno vor dem Grab stand, kam es ihm vor, als ob der Bundesnachrichtendienst ihn beobachten würde, um ihm die geheime Information über die Engpässe zu entlocken. Er hatte Tage zuvor den Geistesblitz der Gesetzmäßigkeit der Engpässe, der lautete: Engpässe setzen Energie frei und verbrauchen Zeit. Bruno war der Meinung, er habe damit den Grundstein der kalten Kernfusion entdeckt. Besorgt um Bruno, der ins Grab sprang und schrie: „Die Information gebe ich euch nicht!", vermittelte Waldi Brunos Frau Lissy die Eingebung, doch schnell einen Arzt zu rufen. Doch jetzt nutzten immer mehr Höllenhunde ihre Chance, Bruno gezielt in die Irre zu treiben. Waldi fragte Gott: „Warum gerade Bruno? Er könnte doch keiner Fliege etwas antun?"

Gott antwortete, Bruno habe im kindlichen Leichtsinn mit einem Menschenschädel auf dem Friedhof Fußball gespielt und damit den Höllenhunden das Tor zu seiner Seele geöffnet. „Sein Leben wird dafür umso mehr von dir als Schutzengel gehütet, und deine Aufgabe, lieber Waldi, wird es sein, Bruno den Weg zu uns zu ebenen. Er wäre Luzifers größte Trophäe, sollte er vom Weg abkommen."

Waldi fragte: „So sage mir, Herr, welchen Sinn hat Brunos Leben?"

Und der Herr antwortete: „Den Sinn des Lebens kann nur ein Künstler erahnen. Damit du ein Gefühl dafür bekommst, lieber Waldi, durchdenke folgenden Reim:

Das Erreichen des Grades der Perfektion,

die Fehler der anderen erkennen,

Erfolg haben bei der Selektion,

dies manche als den Sinn des Lebens benennen.

Wer aber nicht durch das Leben geht aalglatt,

wer manchmal die Gesellschaft hat einfach nur satt,

wer erkennt die Schönheit der Natur an einem grünen Blatt,

der setzt diese Schnösel ganz schnell schachmatt.

Schandtaten begehen und diese bereuen,

Menschen haben, die auf einen bauen,

Vergebung erhalten und sich daran erfreuen,

Zuversicht und sich fallen lassen, dem Glück einfach trauen."

„Oh Herr, ist es nicht so, dass Erfolg wichtiger ist als Glück?", fragte Waldi nun.

„Nun, mein Sohn, es gilt: Glück und Erfolg brauchen die Kranken, nur Glück die Dummen und nur Erfolg die Intelligenten. Wer nach Glückseligkeit strebt, erhält meinen Segen. Waldi, du hast zahlreiche Leben hinter dir, welche Erkenntnisse hast du gewonnen?"

„Nun, das lässt sich herunterbrechen auf die Aussage: Das Leben ist scheiße. Scheiße ist ein guter Dünger. Also pflanze die Glückseligkeit darauf."

„Somit bist du für Brunos Weg zur Glückseligkeit verantwortlich, lieber Waldi. Er wird die Gefühle von Glück und Erfolg im Leben erfahren, aber auch Verzweiflung und Irrsinn. Sollte er Hass empfinden, schreitet er auf dem falschen Weg."

Bruno, der gerade dachte, er sei Schlaubi Schlumpf, wurde von einem Krankentransport in die Psychiatrie gebracht. Seine Gedankenwelt war völlig durcheinander und sehr beschleunigt. Da hatte Waldi eine Idee. In einem Paralleluniversum wurde gerade ein Naturgesetz geändert, um eine neue Dimension zu etablieren. Die Lichtgeschwindigkeit wurde um 10 % erhöht, um eine Dimension der Einsicht in diesem Universum zu erschaffen. Mit den parallelen Universen verhält es sich so: Es existiert ein Primäruniversum und unzählige parallele Universen. Eine Seele wird gleichzeitig in 1000 Universen geboren und hat als logische Folge 1000 Leben von unterschiedlicher Länge. Stirbt allerdings eine Seele im Primäruniversum, erlöschen gleichzeitig die Leben in den parallelen Universen. Wenn eine Seele in einem Paralleluniversum stirbt, lebt diese dennoch in den anderen Universen weiter. Geistig gesunde Seelen verarbeiten das Zusammenspiel der Seelenleben in Träumen, welche die internen Schnittstellen der verschiedenen Seelenleben sind. Kranke Seelen haben zu viele Aufgaben, um diese in den Träumen zu verarbeiten.

Waldi änderte nun das Naturgesetz in dem Universum, in dem Bruno als Bruno-Herbert Kunst Bundeskanzler von Deutschland war. Er war davon überzeugt, dass Bruno seinen Planeten in diesem Universum zu Weltfrieden führen würde. Da sich in diesem Universum die Lichtgeschwindigkeit änderte, änderte sich auch die Reichweite des Lichts. Die Urknalltheoretiker werden später das Alter des Universums auf 20 Milliarden Jahre schätzen, weil durch die geänderte Reichweite des Lichts noch weiter entfernte Galaxien sichtbar werden.

Die prompte Staatsentschuldung

Nach dem Austritt von Groß Britannien aus der EU (Europäische Union) und wegen immer mehr terroristischen Anschlägen in Bruno-Herberts Welt hatte dieser einige Visionen. Eine war die prompte Entschuldung der Staaten. Die Idee dahinter war, allen Staaten das Doppelte ihres Bruttoinlandproduktes von den Notenbanken sukzessive zur Verfügung zu stellen. In der EU würde sich die Ausschüttung des Geldes über fünf Jahre verteilen. Die Länder mit dem größten BIP würden zuerst die Zuwendungen erhalten. Im ersten Jahr bekäme nur Deutschland sechs Billion Euro. Im darauffolgenden Jahr die nächstgrößten Nationen, deren BIP zusammen drei Billionen Euro ergab. Diese Spirale würde sich insgesamt über fünf Jahre vollziehen, bis jede EU-Nation das Geld erhalten hätte. Dafür verpflichteten sich die Staaten, die nächsten 16 Jahre keine Neuschulden aufzunehmen und die Staatsschulden zu tilgen. Also mussten sie mit ihrem neuen Guthaben geplant haushalten.

Jetzt fragen sich sicher einige: Warum Deutschland zuerst. Nun, da Deutschland das größte BIP (Bruttoinlandsprodukt) hatte und die Wirtschaft gerade brummte, war eine Überhitzung der Wirtschaft durch Staatsfinanzierung unwahrscheinlich und der deutsche Staat konnte die ärmeren Länder der EU finanziell unterstützen, bis diese die Finanzspritze erhielten. Dadurch würde Europa einen länger anhaltenden Boom erleben.

Die neue Dimension ließ die Staatsführer begreifen, dass die prompte Staatsentschuldung bewilligt werden muss. Bruno-Herberts Gerechtigkeitssinn pochte nun auf Bestrafung der Verursacher der Finanzkrise. Also brachte er ein Weltgesetz heraus, bei dem die Länder Kredite zu einem Zins von mindestens 4 % aufnehmen mussten, dass diese Länder den Zins und den Zinseszins, der über diesem Zinssatz lag, von ihren Gläubigern zurückgezahlt bekommen. Dies sollte rückwirkend für die letzten 20 Jahre berechnet werden. Ausgenommen waren Gläubiger (Kleinanleger) mit einem Einsatz bis zu 50.000,00 Euro. Dadurch wurden die Banken der skrupellosen Spekulanten gestürzt. Das Kapital der Kleinanleger, welche durch den Bankensturz betroffen waren, wurde mit den neuen Finanzspritzen der Staaten gerettet.

Durch die neue Finanzlage Deutschlands konnte den Harz IV-Empfängern und den Rentnern in den nächsten vier Jahren ein Einkommenszuschuss von jährlich 10 % gewährt werden und die Flüchtlinge konnten geschult werden, um in Deutschland arbeiten zu können oder um ihr erworbenes Wissen in ihr Heimatland zu tragen.

Um den Markt im Niedriglohnsektor zu beflügeln, sollte der Staat die Unternehmen finanziell unterstützen, welche ihre Mitarbeiter übertariflich bezahlten. So konnte beispielsweise eine gute Frisörin mit 5,00 € die Stunde subventioniert werden, wenn das Geld zu ihrem Gehalt an sie weitergereicht würde, damit ist sie nicht mehr darauf angewiesen wäre, zusätzlich Harz IV zu beantragen.

„Oh Herr, dann wird die Bevölkerung doch noch reich", seufzte Waldi.

„Tja, Waldi, ist sie es nicht schon?", seufzte der Herr. „Oder lass es mich so ausdrücken:

Reichtum und Geld, scheinbar ein Segen,

beneidet werden, sich mit Stolz bewegen,

dazu sich bester Gesundheit erfreuen,

das Leben ist schön, nichts bereuen.

All dies ist der Traum von vielen,

es scheint aber das Schicksal mit einem zu spielen.

Warum kann das alles nicht ein jeder haben,

sich die meisten Menschen das einfach fragen.

Wirklich reich können sich aber jene nennen,

die wir auf der Straße nicht gleich erkennen.

Sie sind ohne Neid, bewundern des Nachbarn Haus,

vielleicht auch krank, erfreuen sich dennoch

an einem Blumenstrauß."

„Sage mir, Herr, führt diese Geldflut nicht zur Inflation?", fragte Waldi nun.

„Waldi, dies geschieht nur, wenn sich zu viele Engpässe bilden. Nehmen wir als Beispiel den Autoverkehr. Geld ist die Energie der Wirtschaft. Mehr Geld bedeutet eventuell mehr Straßen. Mehr Straßen bedeuten weniger Staus. Ein Stau wirkt wie ein Engpass. Für die Beteiligten bleibt das zeit- und spritkostenaufwendig. Sofern der Staat Teile des geschenkten Geldes in die Infrastruktur und in ein elektronisches Antistausystem steckt, beugt er hiermit der Inflation der Spritpreise vor, da weniger Sprit verbraucht wird. Ein solches elektronisches Antistausystem könnte wie folgt aussehen: Jedes Fahrzeug kennt sein Ziel, seine momentane Position und seinen Spritverbrauch. Durch ein elektronisches Leitsystem werden die Fahrzeuge an möglicherweise entstehenden Staus und an bereits bestehende Staus vorbeigeführt. Es sei denn, der Stau ist im Vergleich zum Umweg ökologisch effizient, also es würde im Stau weniger Sprit verbraucht als beim Umweg. Der Umweg ist auch ein Engpass, da sowohl Zeit als auch Energie bei seiner Nutzung verbraucht werden. Dabei werden die Umwegekosten den Staukosten gegenübergestellt sowie deren Zeitaufwände berechnet. Der Fahrer steht vor der Wahl: schnell oder ökologisch. Kritiker werden behaupten, dann reduziere die OPEC (Verbund erdölfördernder Nationen) das Angebot, um den Preis zu halten. Da aber die Ersparnis beim Verbraucher bleibt, hat er mehr Moneten für andere Sachen in der Tasche und fördert den Konsum, da er bestenfalls mehr Geld und Zeit zum Shoppen hat."

Bruno-Herbert wollte den Extrakuchen wie folgt aufteilen: 50 % der sechs Billionen € für die Schuldentilgung, 10 % für humanitäre Zwecke in der dritten Welt, 10 % für internationale Beziehungen, 10 % für die EU, 10 % für strukturschwache Regionen in Deutschland, 5 % für die gesamtdeutsche Infrastruktur und 5 % für die Sicherheit in

Deutschland. Bei der Veröffentlichung dieses Finanzierungsplanes schlugen die Lobbyisten Alarm, was Bruno-Herbert ärgerte. Zum Glück hatte er eine unverzichtbare Eigenschaft, die er in seiner Position auch brauchte. Er war zielstrebig und ließ sich nicht von Lobbyisten das Fahrtwasser nehmen. Seinen Plan boxte er souverän durch. So erhielten beispielsweise die Kommunen der strukturschwachen Region Uckermark 1 Milliarde Euro, womit diese Schulden begleichen und Existenzgründer fördern konnten. Die Folge war, dass Mieten in den strukturschwachen Regionen stiegen, da das Einkommen stieg (Existenzgründer, Belebung des Niedriglohnsektors durch Staatsförderung). Die Baubranche wurde belebt, weil durch erhöhte Mieteinnahmen das Kapital für Neubauten vorhanden war. Eine Senkung der Arbeitslosenquote, steigende Löhne und die Schaffung von neuem Wohnraum führten zu einer Zuwanderung in diese Gebiete. Wie die Industrie in diese Regionen gelockt wurde, soll später mit der effizienten ökologischen Logistikdynamik erklärt werden.

„Oh Herr, wie ist das Geschenk der prompten Staatsentschuldung zu rechtfertigen?", fragte Waldi weiter.

„Ganz einfach, Waldi", antwortete der Herr, „mit dem Weltfrieden. Wenn alle Länder mitmachen, herrscht zumindest zwischen den Weltstaaten für eine gewisse Zeit Frieden. Ein anderes Argument wäre: Warum sollen wir gerade mit der Ressource Geld sparen, die uns unendlich zur Verfügung steht? Benachteiligt sind die Weltstaaten, die über eine Staatsverschuldung von > = 200 % des BIPs besitzen. Stell dir vor, du mit deinen Freunden, ihr schmeißt regelmäßig eine Party, bei der die Reichen den Kuchen bezahlen. Nun findet einer einen 500,00 € Schein. Was damit machen? Extragäste einladen? Nee, ihr seid eine eingeschworene Gemeinschaft und teilt das Geld gerecht auf. Wer am meisten beisteuert, bekommt den größten Anteil. Da dieser gläubig ist und

ihm das schlechte Gewissen plagt, spendet er etwas einem Bettler."
Hier unterbrach sich der Herr kurz und fuhr dann fort: „Bruno im
primären Universum braucht jetzt deine Hilfe."

Brunos Leidensweg

In der Psychiatrie lernte Bruno alias Bruno-Stefan Grande im
primären Universum Siglinde kennen. Ein Bild von einer Frau, leider
depressiv. Sie war von Bruno-Stefans Fähigkeiten begeistert, aber
auch ängstlich wegen dessen Krankheit, weil Bruno-Stefan komische
Dinge veranstaltete. So behauptete Bruno-Stefan, er sei hier im Puff
und er wolle hier seinen Doktor machen. Er fragte Siglinde, ob sie mit
ihm seinen zweiten Doktor machen wolle, der erste sei bei seiner
Frau Lissy-Bianca Grande-Müller in Arbeit. Schockiert wandte sich
Siglinde von ihm ab. In der nächsten Morgenrunde erzählte Siglinde,
dass ein Haus nicht dadurch schön würde, wenn die Leute daran
vorbeigehen und sagen würden, das Haus sei schön.

Bruno-Stefan kam es so vor, als ob er Siglinde aus dem
Kindergarten kennen würde, und er hätte den Satz, den Siglinde in
der Morgenrunde preisgab, zu ihr im Kindergarten gesprochen. Diese
falsche Erinnerung war ihm von Höllenhund Erwin untergejubelt
worden.

Nun war Waldi am Zug. Er verordnete der Hölle folgendes Gesetz:
Wer Bruno falsche Erinnerungen unterjubelt, dem sei die
Reinkarnation verboten. Dazu muss gesagt werden, wer aus der
Hölle wieder ins Leben zurück will, kommt nicht als Mensch zur Welt.
Luzifer hieß dieses Gesetz sehr willkommen, konnte er doch jetzt
Seelen länger an die Hölle binden.

Die Genesung von Bruno-Stefan fand im Harz statt und der Himmel sang folgende Verse:

So mächtig rauscht die Bode,
der Uhu lauscht fern der Mode,
ob tüchtige Mäuse sich unvorsichtig bewegen,
es tanzen Blattläuse nach dem Regen,
zaghaft entspringen Quellen auf den Wegen,
diese romantischen Stellen machen mich verlegen.

Wir nähern uns entzückt dem Hexentanzplatz.
Dieser Anblick beglückt, wie ein richtiger Schatz.
Das Tal liegt wie ein Brett uns zu Füßen,
viele Unbekannte ganz nett uns grüßen.
Sehr reizend der Charme der Natur, so wie das Bett meiner Süßen.

Nach einem Vierteljahr Klinikaufenthalt wurde Bruno-Stefan gesund entlassen. Lissy-Bianca gebar Erzengel Pfiffi-Gerd und pochte auf den Umzug in ihre alte Heimat. Als sie dort ankamen, fand Bruno-Stefan schnell Arbeit und erkrankte auch schnell wieder. Sein Arbeitgeber meldete Insolvenz an und um die Lebenskrise perfekt werden zu lassen, ließ sich Lissy-Bianca völlig entkräftet von Bruno-Stefan scheiden. Es folgte ein total verrücktes Jahr, in dem viele Höllenhunde an die Hölle gebunden wurden. Bruno-Stefan ging äußerst gestärkt aus diesem Jahr hervor. Als Vater lernte er Verantwortungsbewusstsein und eine neue Form der Liebe kennen.

Ein anderes Universum brauchte vorerst eine Entscheidung.

Der Dienst im Arschmadenverein

Wir befinden uns in einem Universum, in dem das Dritte Reich siegte. Die Sprache der Deutschen wurde derb. Bruno lebte in diesem Universum als Bruno-Hugo Schloss und war Popelprogrammierer in Schweinebacke Golfis Arschmadenverein. Da Bruno-Hugo durch seine grandiosen Ideen den Umsatz boomen ließ, waren Golfis Sklaven stets nett und freundlich zu Bruno-Hugo. Er verkaufte sich weit unter Wert und hatte eine Leidenschaft, an der er zugrunde gehen wird. Täglich lockte das Bier zur Stressbewältigung. Er hatte eine Chefin, die rothaarige Führerin. Diese war eng mit dem Arschkriecher Drill befreundet, welcher ebenfalls Bruno-Hugos Vorgesetzter war. Drill mochte Bruno-Hugo anfangs sehr und half ihm bei Konflikten mit der Führerin. Da Bruno-Hugo seine Arbeit jedoch in Rekordzeit bewältigte, wurde er bald ersetzbar. Durch den Kündigungsschutz, der dem deutschen Volk Sicherheit bot, mussten Golfis Sklaven Bruno-Hugo herausekeln. Der erste Schritt der Führerin war es, ihm seine Aufgaben so zu erklären, dass er diese falsch verstand. Daraufhin sprach sich Bruno-Hugo mit den Kunden ab. Die nächste Folter bestand darin, dass er alles dokumentieren sollte. So dokumentierte er auch seine tägliche längere Sitzung. Er schrieb: „Der Exkrementationsakt erforderte den Verbrauch von Papier und Wasserreserven. Wegen den freigewordenen Senfölglükosiden musste das Luftaroma durch die Zufuhr von Lavendelduft neutralisiert werden." Damit war das Dokumentationsthema vorerst vom Tisch.

Sein Alkoholkonsum nahm derweil immer weiter zu, so versuchte er den Druck zu kompensieren. Letztendlich kam der Höllenhund Jack, der als Zuchthengst in ein weiteres Leben geboren wird, ging auf ihn zu und forderte seine Kündigung. Bruno-Hugo wusste, dass er diesem Druck nicht gewachsen war, und machte erst einmal ein Jahr krank. Er fand im Alkohol seinen besten Freund.

Den Morgen mit einem Bier beginnen,
denn es gibt kein Entrinnen.
Das Leben hat nicht viel zu bieten,
sollte mich beim Getränkemarkt einmieten.

Der ewige Rausch ist auf Dauer,
frustrierend und der Wind wirkt rauer,
wenn ich draußen schlaf,
warum bin ich nur so brav?

Die Gesellschaft mit ihrem Prunk und Protz,
brauch sich nicht zu wundern, wenn ich in Ihren Hausflur kotz.
Geben einem nicht mehr als Almosen,
aus Mitleid für einen Obdachlosen.

Was soll ich mich großartig pflegen,
es reicht, wenn mich wäscht der Regen.
In der Natur sich kein Tier mit fremden Duft schmückt.
Die Leute sind doch alle verrückt.

Die einzig wahre Kultur
ist Wodka pur.
Der wärmt von innen,
jeden, ob Deutsche oder Finnen.

Schön, sobald er durch den Kopf geht
und sich alles dreht.
Vergessen die gefolgte Übelkeit,
mein Freund in alle Ewigkeit.

Meinen Spitznamen Modka,
halb Mensch, halb Wodka,
trage ich mit Würde,
dabei ist das meine größte Hürde.

Danach hatte er mit Jack ein ernsthaftes Gespräch, in dem er Jack erklärte, sein Verein sei der reinste Kindergarten, in dem die Doofen mit Dreck schmeißen und sagen: „Mit dir spielen wir nicht mehr." Danach machte er Jack noch klar, dass dieser ein Arsch mit Ohren sei, und dann kündigte er. Da im Dritten Reich Alkoholiker als nicht existenzwürdig eingestuft wurden, kam Bruno-Hugo ins Kosmetikzentrum. Dort sorgte Waldi dafür, dass Bruno-Hugo das Schlimmste erspart blieb und sein Leben schnell endete. Bruno-Hugo war einfach zu gut für diese Welt. Durch diese Entscheidung gesundete Bruno-Stefan Grande im primären Universum, da er die Ängste von Bruno-Hugo nicht mehr verarbeiten musste.

Die andere Wende

In einem anderen Paralleluniversum wählten die DDR-Bürger (Ostdeutschland) bei der Wende die Eigenständigkeit ohne die

Wiedervereinigung. Was sich an dem neuen Staat änderte, war, dass die Patente nicht mehr an die kapitalistische Konkurrenz verschenkt wurden. Die Unternehmen blieben staatlich und wurden modernisiert. Kapitalistische Firmen durften sich niederlassen und produzieren. Innovation war der letzte Schrei. Den Schuldenberg baute der Staat ab, indem die Güte der Produkte der DDR neue Maßstäbe setzte. Während der Kapitalismus auf Konsumsteigerung durch geplante Defekte setzte, wurden die DDR-Produkte wegen ihrer Langlebigkeit in den Schwellenländern sehr beliebt. Moderate Preise sicherten den Absatz. Aufgrund der enormen Qualität setzte sich ein neues Preisleistungsverhältnis durch. Da die Werbungskosten in den Industriestaaten übertrieben hoch waren, lag das Zentrum des DDR-Marktes in den Schwellenländern. Arbeitsplatzsicherheit, das beste Gesundheits- und Bildungssystem der Welt, Preisstabilität und ein einzigartiger Zusammenhalt der Menschen führten zur Zufriedenheit der Bevölkerung. Die Zuwanderung stieg.

In diesem Universum lebte Bruno als Bruno-Ferdinand Kramer. Bruno-Ferdinand war Kernentwickler bei einem Automobilhersteller mit einem Stern. Da dieses Unternehmen ein hohes Qualitätsbewusstsein besaß und die Qualifikation der ansässigen Mitarbeiter überdurchschnittlich hoch war, hatte dieser kapitalistische Konzern Werke in der DDR. Dank grandiosen Ideen wurde Bruno-Ferdinand unersetzbar. Die Konkurrenz versuchte Bruno-Ferdinand abzuwerben, er blieb aber seinem Arbeitgeber treu. Bei bester Gesundheit hatte er auch privat mit Lissy-Claudia Kramer Glück. Pfiffi alias Sohn Pfiffi-Michael Kramer machte das Familienleben perfekt. In den gesunden Zeiten von Bruno-Stefan Grande wurden die Gefühle aus diesem Universum ins primäre Universum übertragen. Bruno-Ferdinands Liebe zu Claudia war grenzenlos. Sie beflügelte ihn. Sein schönster Tag war die Geburt von Sohn Pfiffi-Michael.

Noch nie passte mein Glück in meine Hände,
über Nacht kam die Wende,
neue Gefühle ohne Ende.

So grandios das Geschenk meiner Frau,
jetzt weiß ich, worauf ich in Zukunft bau,
umwerfend, wenn er schaut ganz schlau.

Stolz, Beschützerinstinkt, Liebe, Harmonie – alles dabei,
so viel Glück, weil wir sind jetzt drei,
fühlte mich lange nicht so unbeschwert und frei.

Freiheit bedeutet ein Leben ohne Zwänge,
grenzenlose Zufriedenheit, niemand treibt einen in die Enge,
dazu reicht ein neuer Mensch mit 50 cm Länge.

Himmelskonferenz zur Dimension der Einsicht

Begeistert von den Erfolgen in Bruno-Herberts Universum durch die Einführung der Einsicht als neue Dimension hielten die Engel im Himmel eine Konferenz ab. Die Frage war: Sollen wir die neue Dimension in allen Universen einführen? Befürworter nannten den gewonnen Weltfrieden als Argument. Gegner nannten die ökologischen Folgen als Contra, da der Verbrauch der natürlichen Ressourcen stieg. Waldi war sich unsicher, ob in allen Universen der gleiche Effekt erzielt werden würde. So könnte beispielsweise Bruno-Ferdinands Universum das gewonnene Gleichgewicht verlieren, auch wenn auf diesem Planeten der Weltfrieden in ferner Zukunft lag. Das letzte Mal, als ein Naturgesetz in allen Universen etabliert wurde, war bei der Entstehung aller Universen. Schließlich sprach Gott, es sei noch nicht Zeit für diesen Schritt. Nicht alle Kulturen seien bereit für den Weltfrieden und würden es wohl auch nie sein. Beim Untergang dieser Kulturen wäre die Einführung dieser Dimension der richtige Schritt. „Ich habe Waldi diese Naturgesetzesänderung in Bruno-Herberts Universum erlaubt, da bisher noch kein Engel eine solche Idee hatte. Aber eine Frage habe ich, Waldi, warum schlägst du den ewigen Himmel aus, der ewiges Leben im Reich der Glückseeligen bedeutet?", fragte der Herr dann noch.

Und Waldi antwortete: „Nun, Herr, ich drücke es mal so aus:

Von einigen der größte Feind,
nennt sich einfach Zeit.
Mancher sie festzuhalten versucht und meint,
sie verrinnt nur, hält wenig bereit.

Um die Entwicklung zu verstehen,
sollten wir uns jung sowie alt ansehen.
Sünden als auch Fehler alle begehen,
Prüfungen muss jede Generation bestehen.

Die Zukunft hält für jeden Überraschungen bereit,
im Alter sind die Menschen abgeklärt, halt so weit,
rückblickend sich ihrer Jugend

zu besinnen,
einige ihr nachzutrauern beginnen.

Wahre Reife erlangen, heißt
zu erkennen, dass ewiges Leben
ein Fluch ist und kein Segen.
Einzig ein Narr sich darum reißt.

Am Schönsten finde ich die verlorene Erinnerung bei der Neugeburt. Die totale Erinnerung beim Tod ist für mich keine wirkliche Bereicherung, lieber Gott. Ich mag zwar die einzige Seele sein, die so denkt, aber dadurch bin ich einzigartig."

Gott schmunzelte. „Nun Waldi, sieh es einfach so: Du bist der Auserwählte."

Die effiziente ökologische Logistikdynamik

Bundeskanzler Bruno-Herbert Kunst sah in der positiven Entwicklung der Wirtschaft durch die prompte Staatsentschuldung schwierige ökologische Auswirkungen auf die Umwelt. So erfand er die effiziente ökologische Logistikdynamik. Dahinter steckte nichts anderes als ein weltweites Steuergesetz für die ortsansässigen Kommunen. Auf den Transport von zu verkaufenden Gütern wurde eine Steuer für den zurückgelegten Weg des Gutes zum Endverbraucher erhoben. Dabei fielen pro Kilogramm des Gutes und je 25 Kilometer Anlieferungsweg 1 Eurocent Steuern an. Diese Steuern erhielten die Kommunen, in denen ausgeliefert wurde.

Nehmen wir zum Beispiel das Benzin. Der Anlieferungsweg ist 10.000 km lang. Also wäre pro Liter eine zusätzliche Steuer von 4,00 € zu erheben. Damit läge der Benzinpreis zwischen 5,00 € und 6,00 €. Die Folge war, dass Elektroautos für Kurzstrecken interessant wurden, da der Strompreis von dieser Steuer nicht betroffen wäre (Versuch mal, ein Kilogramm Strom zu wiegen und dir den Ursprungsort des Elektrons zu merken). Für die Industrieländer rechnete es sich beispielsweise nicht mehr, Soja aus der Dritten Welt zu beziehen, da die Transportkosten zu hoch waren. In den Entwicklungsländern endete der Raubbau am tropischen Regenwald, da die Nachfrage nach Soja fast erlosch. Die Industrie war weltweit bemüht, vor Ort zu produzieren, wodurch sie neue Werke auch in der Uckermark errichtete. In den Geschäften nahm die Produktvielfalt ab. Es wurden mehr Regionalprodukte angeboten. Das Geld in einer

Region wurde öfter in dieser Region umgeschlagen, da die Kommunen durch die neue Steuereinnahme monetär mehr in der Kasse hatten, um mehr soziale Leistungen am Volk erbringen und den Arbeitsmarkt zum Beispiel durch infrastrukturelle Maßnahmen beflügeln zu können.

Benachteiligt waren Regionen, in denen wenig Kapital vorhanden war und die so oder so auf die Hilfe von außen angewiesen waren. Nehmen wir einmal Somalia: viel Wüste, wenig Kapital. Diese Regionen waren von Spenden abhängig. In den nächsten zehn Jahren wollte Bruno-Herbert ein Spendensystem etablieren, mit dem der Welthunger beseitigt würde. Wie das aussehen könnte, das wollte er mit den Weltstaaten ausarbeiten. Der Produkttourismus nahm zu, da spezielle Güter nur in einer bestimmten Region günstiger verfügbar waren. So lohnte es sich, sein Automobil direkt beim Hersteller zu kaufen und mit dem Autokauf einen Urlaub zu verbinden. Die Bevölkerung dachte in jeder Schicht anders.

Sicht von oben

Es lohnt Schwein zu sein in dieser Welt,
dann reicht zum Shoppen immer das Geld.
Was ich sage, wird gemacht,
endet auch die Arbeit erst um Mitternacht.

Eigentlich gehört mein Fuß auf ein

Ferrari-Pedal.
Was meine Angestellten denken,

ist mir egal.
Ich genieße es, beneidet zu werden,
aber für den Ferrari kann ruhig meine Oma sterben.

Verstehe nur nicht,

wie der Staat Steuern verschwendet.
Für Harz IV wird das Geld

falsch verwendet.
Jeder kann für sich selber sorgen,
hoffentlich habe ich den Ferrari morgen.

Sicht von unten

Was nützt mir der Porsche vor der Tür,
wenn ich hab keine Freizeit dafür?
Kann eh nicht andere antreiben,
um daran meine Nerven zu zerreiben.

Muss mich nicht ärgern

über das Angestelltenpack,
da ist eh einer fauler als der andere Sack.
Zwar bleibt das Geld ganz schön knapp,
aber dafür bin ich

vom Schuften nicht schlapp.

Teile mir den Tag ein, wie ich will,
mag keine Hektik, mag es lieber still,
auch mit Harz IV lässt es sich leben,
dumm, die nach dem Porsche streben.

Sicht aus der Mitte

Unser Einkommen reicht für unser Familienglück.
Ein Haus mit einem kleinen Gartenstück,
Gesundheit ist das A und O,
auf unsere Ernährung achten wir sowieso.

Was nützt dem Reichen sein Geld,
kommt sich vor in seinem Porsche

wie der größte Held.
Wir können dafür nur Mitleid empfinden,
Seine Seele zu verkaufen

und sich so abzuschinden.

Hoffentlich können wir unseren Lebensstandard halten,
möge sich unsere Zukunft positiv gestalten,
dass es sich für unsere Kinder lohnt,
zu Leben von Armut verschont.

Je nachdem wie ein Land es ahndete, blühte der Schwarzmarkt, um dieser Steuer zu entgehen. Abhilfe konnte teilweise die technische Herstellerproduktmarkierung schaffen, welche später vorgestellt wird. Die weltweite Urbanisierung nahm durch Bruno-Herberts Maßnahmen ab.

BrunoStefans beste Jahre

Pfiffi-Gerd fehlte ein Geschwisterchen. Nachdem Bruno-Stefan endlich eine Arbeitsstelle im öffentlichen Dienst gefunden hatte, bei der er bis zur Altersrente angestellt sein wird, lernte er Louise-Maria kennen und verliebte sich in sie. Louise-Maria schenkte ihm eine Tochter namens Lulu-Agathe. Wegen der Scheidung von Lissy-Bianca war er eine gewisse Zeit sauer auf sie. Bei seiner Familie hatte sie es sich durch unberechtigte Aggressionen und viel Streit endgültig verscherzt und er war kurz davor, Lissy-Bianca zu hassen. Das widerstrebte Waldi und mit Engelskräften sorgte er dafür, dass Bruno-Stefan Grande nur aus den Universen Träume verarbeitete, in denen die Liebe zwischen Bruno und Lissy ungebrochen war. Bruno-Stefans Liebe zu Lissy-Bianca wurde platonisch, da er den Grundsatz pflegte: Intim bin ich nur zu einer Frau. Somit liebte er vier Frauen: Louise-Maria, Lissy-Bianca, Lulu-Agathe und seine Mama Ingrid-Marga.

Perfekt wurde sein Glück durch einen Jackpot im Lotto, den er knackte. Das war für ihn aber kein Grund, seine Arbeit aufzugeben. Der Jackpot genügte für eine Eigentumswohnung, in der er Lissy-Bianca und Pfiffi-Gerd wohnen ließ, da er so keinen Unterhalt zahlen musste und Lissy-Bianca keine Abstriche bei ihrem Einkommen hatte. Des Weiteren baute er ein Mehrfamilienhaus für sechs

Familien. Dadurch war der Jackpot aufgebraucht und als zweite Einkommensquelle hatte er die Mieten.

Lissy-Bianca und Louise-Maria behandelten sich gegenseitig respektvoll. Um alles unter einen Hut zu bringen, organisierte Bruno-Stefan Urlaube, in denen sich Lissy-Bianca und Louise-Maria mit ihren Kindern (Louise hatte noch einen Sohn) erholen konnten. Einen Urlaub verbrachten sie in Disneyland. Pfiffi-Gerd liebte Pluto. Als Pluto auf der Bildfläche erschien, lief Pfiffi-Gerd ihm nach. Pluto war aber auf dem Weg in seine verdiente Mittagspause. Bruno-Stefan bemerkte recht spät, dass Pfiffi-Gerd weg war, und wurde panisch. Pluto erlebte derartige Situationen öfter. Zum Glück hatte Lissy-Bianca wieder an alles gedacht und ihre Telefonnummer auf Pfiffi-Gerds Arm geschrieben. So konnte Pluto Lissy-Bianca anrufen. Die Sprachbarriere zwischen Lissy-Bianca, die kein Französisch konnte, und Pluto, der stolzer Franzose war, konnte Louise-Maria überbrücken. Das war ein Schrecken mit schnellem Ende. Bruno-Stefan war endlich auf Wolke 7.

Ungewiss ist die Zukunft,
bleibt nur die Vernunft,
schlimmer geht's nicht, haben wir gedacht,
so mancher hätte uns ausgelacht.

Einmal rundum zufrieden,
wenn endlich die Sorgen verfliegen.
Dieser Moment ist gekommen,
ein neues Leben hat begonnen.

Es erfordert etwas Mut,
doch sei auf der Hut,
alte Straßen fahren sich gut,
Melancholie ist im Feuer die Glut.

Löschen kann man jedes Feuer,
was wäre das für ein Abenteuer,
dauerhaft auf Wolke sieben,
mit all unseren Lieben.

Die totale Überwachung

In einem anderen parallelen Universum waren alle Menschen paranoid und das zu Recht. Jedem Menschen wurde von einem Zahnarzt ein RFID-Chip in einen hohlen Zahn implementiert. An den unglaublichsten Stellen gab es Tore, die die RFID-Chips auslesen konnten. Selbst von einem Handy aus wurden die RFID-Chips ausgelesen. Das Handy hatte sowieso eine Schlüsselrolle. Handys waren dauerhaft im Betrieb, auch wenn sie ausgeschaltet waren. Mithilfe einer Stimmerkennungsapplikation schnitt jedes Smartphone immer alle Gespräche mit, die in unmittelbarer Umgebung stattfanden. Die Technik war so ausgereift, dass den Stimmen die dazugehörigen Personen zugeordnet und mit den RFID-Chips in der Nähe abgeglichen werden konnten. Jeder Staat hatte eine Behörde, die diese Informationen verarbeitete. Die Mitarbeiter dieser Behörde beobachteten sich auch gegenseitig. Niemand aus jenen Behörden durfte sein Wissen über seine zu beobachtenden Mitmenschen missbrauchen. Attentate wurden von dem System im Keim erstickt. Aber das System konnte noch mehr: Protokolliert wurden die Interessen jedes einzelnen Mitbürgers, seine Gewohnheiten, sein Bewegungsmuster und vieles mehr. Daraus entstand eine völlig neue Form des Marketings. Es konnte gezielt für ein Produkt an einem Ort nach Wahl Werbung betrieben werden – für einen einzelnen Kunden.

Bruno arbeitete in dieser Behörde als Bruno-Michael Bildhauer und war mit dem Beobachtungssystem bestens vertraut. Er hatte sich vor zwei Wochen über Dragerfelds neue Kollektion informiert und ihm gefiel ein apfelgrünes T-Shirt. Als er im Einkaufszentrum einkehrte, sah er auf einem Bildschirm dieses T-Shirt und über die Lautsprecheranlage hört er: „Die neue Dragerfeld-Kollektion finden Sie in der Bekleidungsabteilung im dritten Obergeschoss, gleich links neben der Rolltreppe." Bruno-Michael entschloss sich zum Kauf des Shirts, geleitet von der neuen Form der Vermarktung.

Bundeskanzler Bruno-Herbert verarbeitete dieses System in seinen Träumen und überlegte, ob er es auf seinem Planeten auch etablieren soll. Es führte schon zu einem großen Einschnitt in die Privatsphäre jedes Einzelnen. Schließlich entschied er, es erst einführen, wenn der Terror auf der Welt sich nicht mehr bändigen lassen würde. Zwar herrschte momentan gute Stimmung auf seiner Welt, so gut wie nie zuvor, aber der Terrorismus würde noch lange eine Gefahr bleiben. Und es kommt eh meist anders, als gedacht.

Wer auf dieser Welt sagt,
sie sei perfekt so,
was bin ich doch froh,
dumm, der sich beklagt,

bei dem hat pures Glück getagt
oder er ist einfach überaus begabt,
nie die rosarote Brille zu verlieren,
kennt nicht das Gefühl, sich zu blamieren.

Jeder sollte Momente kennen
voller tiefster Zufriedenheit,
aber auch fürchterliche Ängstlichkeit
wäre da zu nennen.

Ob fleißig oder faul,
ruhig oder das große Maul,
begabt oder dumm,
Schönling oder krumm.

Es ist egal, wer du in dieser Welt bist,
einmal sollte jeder sein ein Optimist,
aber auch in der Traufe stehen,
wir alle Fehler begehen.

Vaterglück

Sohn Pfiffi-Michael war Bruno-Ferdinands ganzer Stolz. Im Kindergarten fand Pfiffi-Michael gut Anschluss zu den anderen Kindern und lernte andere deutsche Kulturen kennen, da neben den Brandenburgern auch zwei Bayernkinder den Kindergarten besuchten. Die Bayern waren für Pfiffi-Michaels Geschmack etwas zu hochnäsig und er spielte ungern mit ihnen. Sie gehörten zu den ersten Wirtschaftsflüchtlingen, die nach der anderen Wende in die DDR eingezogen waren. Auf Sprüche wie: „It's nice to be a Preuss, it's higher to be a Bayer" reagierte er mit Aussagen wie: „It's noch viel stärker to be a Uckermärker." Insgesamt besaß Pfiffi-Michael eine gesunde Schlagfertigkeit, weshalb er von einigen Kindern viel Anerkennung erhielt und von anderen Neid. Am liebsten erntete er mit Papa Gurken in Opas Garten und verspeiste diese. So wusste die Familie, dass es sich um hundertprozentige Bioprodukte handelte. Durch seine gesunde Ernährung entging Pfiffi-Michael Volkskrankheiten wie Karies, worauf Bruno-Ferdinand sehr stolz war. Im Kindergarten waren nur drei Kinder kariesfrei. Bruno-Ferdinand hatte einen Wunsch:

Die Aufregung trübt die Sinne,
komme nun zur Ruh und beginne,
die neue Rolle zu begreifen,
hatte genug Zeit, dafür zu reifen.

Ein Sohn, der Stolz jeden Mannes,
denn ich weiß, ich kann es,
ihm helfen, zu finden seinen Weg,
eine gute Moral zu formen, ist was ich heg.

Hoffentlich finde ich die Kraft

und die Geduld,
nicht zu geben den anderen die Schuld.
Sollte es nicht laufen nach Plan,
trotzdem die Ziele zu verfolgen voller Elan.

So wäre es das Schönste zu sehen,
wie die Nachkommen auch

den geraden Weg gehen,
nie vor den Augen verlieren ihr Ziel,
rechtschaffen zu handeln

mit Lebensmut und Stil.

In diesem Universum trauten sich die Höllenhunde nicht an Bruno-Ferdinand und seine Familie heran, da Waldi die Seelen verbannen ließ, die ihnen Leid zufügen wollten. Ausnahmen waren lebende Seelen aus der Welt, da diese unwissend über Gott und die Universen waren. Dieses Paralleluniversum war der Garant dafür, dass Bruno-Stefan im primären Universum zurück zu seiner Gesundheit fand.

Höllenhund Kasimir dachte, er wäre schlau, und sorgte dafür, dass Erzieherin Rosemarie Pfiffi-Michael hasste. Für Pfiffi-Michael war das eine Erfahrung, aus der er lernte, loyal zu bleiben. Bruno-Ferdinand lehrte ihn, Gleiches nicht mit Gleichem zu vergelten. Am Ende siegte Rosemaries Verstand und sie verheimlichte ihre Gefühle, da Pfiffi-Michael sich nicht provokant verhielt. Kasimir bekam von Luzifer eine Abmahnung und er nahm Rosemarie den Hass, bevor Kasimir ausgelöscht worden wäre. Jede Seele, die der Hölle entkommt, ist ein großer Verlust für Luzifer. Und wenn diese Seele ganz ausgelöscht werden würde, wäre dies ein riesiger Verlust für das Universum. Daher bekam auch Waldi eine Abmahnung von seinem Herrn, es dürfe keine Seele ausgelöscht werden.

Die intelligenten Maschinen

In einem anderen fernen Universum war die Menschheit der Primärwelt zwei Millionen Jahre voraus. Die parallelen Universen waren bekannt und mit der Hilfe von Wurmlöchern konnten die Seelen kurzzeitig in ein paralleles Universum, in dem sie noch leben, springen. Zum primären Universum führten allerdings keine Wurmlöcher. Menschenseelen konnten in semantische Maschinenkörper transferiert und somit theoretisch unsterblich werden. Wäre da nicht das primäre Universum, welches die Seele in allen Universen sterben lässt, wenn sie im Primäruniversum stirbt.

Nun wissen wir, was geschieht, wenn in diesem Universum die Seele stirbt. Leider lässt sich das Wissen von dem Technologievorsprung nicht durch Träume ins primäre Universum übertragen. Daraus ergibt sich, dass in zwei Millionen Jahren die Menschen unsterblich sein könnten. Die Frage bleibt nur, ob Luzifers Seelen oder die des Herrn gewinnen. Noch haben die Gottesseelen überhand in unserer Welt. Im parallelen Universum hatten die Seelen Gottes die Möglichkeit, wie schon beschrieben, den Körper zu wechseln, womit das Beamen der Seelen möglich wurde. Neben der Beeinflussung des primären Universums hatte das ferne Universum mit Außerirdischen anderer Planeten zu kämpfen, bei denen mitunter die Teufel gewonnen hatten.

In diesem Universum lebte Bruno als Bruno-Falco Gutsmann und war Kampfflieger. Er starb bei einigen Einsätzen schon ein paar Mal. Mit Hilfe des Nachbaues der semantischen Menschenkörper konnte er wiederbelebt werden. Im primären Universum spielte Bruno-Stefan Grande gern das Computerspiel „Krieg der Sterne" als Kampfflieger und lenkte damit die Kampfausgänge in dem fernen Universum. Die Teufelsseelen wunderten sich nur, dass Bruno-Falco stirbt und doch wieder lebt. Das Wissen über die Zusammenhänge der Universen hatten einige Seelen auf Bruno-Falcos Planeten. Diese hüteten das größte Geheimnis des Herrn. Waldi, einer der Hüter der Geheimnisse, gefiel das Morden von Bruno-Falco absolut nicht, also ließ er bei Bruno-Stefan immer den Rechner abstürzen, sobald dieser Kampfflieger spielen wollte. Bruno-Stefan wandte sich an den Softwarehersteller Microsaft. Dieser wunderte sich drüber, fand aber keine Lösung und schenkte Bruno-Stefan ein Autorennspiel. Bruno-Falco wurde daraufhin passionierter Autorennfahrer. Mit spektakulären Unfällen faszinierte er die Zuschauer. Einer seiner grandiosen Unfälle war der dreifache Rittberger mit einem Cabrio. Diesen legte er so perfekt hin, dass er selbst von Mike Bootsmaker Respekt bekam. Ganz schmerzfrei verließ Bruno-Falco den Schauplatz nicht, dafür aber mit einem goldenen Pokal und mit dem Geschmack des Erfolges. Da Bruno-Falco völlig hingerissen von diesem Erfolgsgefühl war, sandte er zu den Universen mit Wurmloch seinen Seelen-Doppelgängern diese Emotion. Kanzler Bruno-Herbert bekam dieses Gefühl, als er gerade auf der Toilette thronte. Für ihn wurde dieses große Geschäft ein großer emotionaler Erfolg, auch wenn die entstandenen Gerüche nur er mochte.

Die Schmerzen so groß,

welches Schicksalslos.

Wo komme ich nur hin,

macht das alles Sinn?

Das Herz rein,

so soll es sein.

Gesundes Blut,

es tut so gut.

Das Leben ist famos,

es bleibt einfach grandios.

Die Schmerzen so leicht ertragen,

wunderbar die Zukunft ohne Fragen.

Der Krankenkassensturz

Kanzler Bruno-Herbert hatte sein Gefallen an neuen Reformen gefunden und reformierte nun auch das Gesundheitssystem. Die Ärzte erhielten einen maximalen Stundenlohn von 120,00 € und die Krankenkassen wurden auf eine staatliche Krankenkasse reduziert. Das Patentrecht für die Pharmaindustrie wurde geschwächt, sodass Wucherpreise für Medikamente im Keim erstickt wurden. Das hatte Auswirkung auf die Entwicklungsländer. Medikamente wurden auch für die ärmsten Menschen der Welt erschwinglich. Der Beitragssatz für die Versicherten sank auf 10 % des Bruttoeinkommens. Zwar gingen viele Ärzte, die Krankenkassen und die Pharmaindustrie auf die Barrikaden und streikten, aber Bruno-Herbert blieb standhaft. Und wenn dadurch eventuell die Arbeitslosenzahl stieg, könnten die Betroffenen umschulen. Doch es wurden Arbeitsplätze im Gesundheitssektor geschaffen, da eine staatliche Krankenkasse weniger Verwaltung bedurfte als viele private und gesetzliche Krankenkassen und Teile dieses Geldes für Personal in Krankenhäusern und Arztpraxen eingesetzt werden konnte. Das Gleiche galt für die Ersparnisse bei den Medikamenten. Die moderne Medizin förderte die Ungewissheit über den Gesundheitszustand, da immer mehr Krankheiten diagnostiziert werden konnten.

Neues Leben schenken
und dabei denken,
wie wird's wohl werden,
ich wünsche mir eine Schwangerschaft ohne Beschwerden.

Ach, wie schön wäre die Zeit,
aber die Ärzte verursachen nur Streit
mit ihren voreiligen Diagnosen
kann niemand mehr liebkosen.

Desto größer die Euphorie,
der Fehlalarm weckt keine Sympathie.
Auch Halbgötter können sich irren,
sie verstehen es, einen richtig zu verwirren.

Die Prophezeiung

Luzifer war sehr befriedigt mit der Entwicklung des Terrors auf der Erde im primären Universum. Der Terror stieg, Hinz und Kunz durfte nach Europa einreisen, die Schere zwischen Arm und Reich wurde immer größer, die Zahl der Hungernden blieb unbeschreiblich hoch, obwohl die Nahrung für das Doppelte der lebenden Menschen reichen würde. An der Macht waren, wie so oft in der Geschichte, die Falschen. Der Teufel prophezeite den Untergang der Menschheit in den nächsten 20 Jahren durch einen 3. Weltkrieg. Auslöser sollte ein Militärbündnis der Schwellenländer sein, welche die Politik des westlichen Militärbündnisses verachteten. Als Grund nannten sie den Sturz der Diktaturen in Afrika, bei denen die neu eingeführte Demokratie zu Bürgerkriegen geführt hatte.

Es bedurfte besonderen Fingerspitzengefühls der Schutzengel, um den Untergang der Menschheit zu verhindern. In einer Konferenz im

Himmel berieten die Schutzengel ihre Vorgehensweise. Sie fanden jedoch leider keinen Konsens, da die Schutzengel der mächtigen Menschen kaum noch Einfluss auf diese hatten. So schien der Teufel im Vorteil zu sein. Diese Menschen hatten kein Gewissen mehr. Erzengel Rex schlug vor, die Dimension der Einsicht im primären Universum zu etablieren. Da meldete sich aber Gott und sprach, dass dies für dieses Universum keine Lösung wäre, weil nicht garantiert werden könne, dass in diesem Universum durch Einsicht ein schlechtes Gewissen entsteht. Kommt Zeit, kommt Rat.

Bruno-Stefan Grande wäre einer von vielen, der an der Macht das Richtige etablieren würde, und blieb daher ein begehrtes Ziel der Höllenhunde. Er war aber aufgrund seiner psychischen Krankheit ungeeignet als Politiker. Da er aber oft von sich als Kanzler Bruno-Herbert träumte, kannte er dessen Visionen und publizierte diese im Internet. Sie fanden leider keine Beachtung beim Volk. Umso mehr freute sich Luzifer. Rechtschaffende Menschen würden aber des Teufels Suppe versalzen und blieben sich treu.

Wieder ist ein Lebensabschnitt abgeschlossen,

mit Verlaub, ich habe es genossen.

Tränen des Abschiedes sind geflossen,

die Erinnerungen fest wie in Bronze gegossen.

Die Lebensstationen dienen zum Lernen,

das Glück finden, greifen nach den Sternen,

sich von dem Naiven zu entfernen,

kein Kind sein, vieles verlernen.

Es ist eine Kunst, an seinen Tugenden zu feilen,

den Augenblick zu genießen, etwas zu verweilen,

seinen Idealen treu zu bleiben auf den gegangenen Meilen,

zudem den Boden unter den Füßen nicht zu verlieren,

zu hängen in festen Seilen.

So bleibe dir nur selber treu,

selbstsicher, aber auch scheu,

bewahre deine Geheimnisse wie die Nadel im Heu,

bei der nächsten Station wird einiges neu.

Das Traumleiden

Jede Nacht eine neue Schlacht,

zwar sind Träume nur Schäume,

zum Dank sind andere Seelenteile krank,

den Recken rechtzeitig wecken,

bevor er kommt in Not

und erlebt im Traum den Tod.

Bruno-Stefans Traumwelt wurde immer konfuser. Mal zog er sich fünf Meter Schnur aus der Nase und am Ende hing der Schleim, ein anderes Mal wackelten alle Zähne und er konnte sie mit seinen Fingern ziehen. Traumdeuter erklärten ihm, irgendeine böse Seele wolle ihm nichts Gutes. Im Universum, aus dem diese Träume stammten, besaßen die alten Ägypter die Weltmacht.

Was Stefan-Bruno nicht wusste, war, dass seine Seele in einem Körper inkarnierte, welcher früher einmal ein Pharao war. Dessen ursprüngliche Seele war in der Hölle gelandet und konnte deshalb nicht in dem alten Körper wieder inkarnieren. Dieser Pharao wurde somit Bruno-Fadis Erzfeind in diesem Universum. Da inkarnierte Seelen sämtliches Wissen verlieren, fiel dem Volk nicht auf, dass nicht die Seele des echten Pharaos inkarniert worden war, sondern Bruno-Fadis.

In den letzten 4000 Jahren war der Pyramidenbau perfektioniert worden und die Formen waren vielfältiger geworden. Auf der Welt existierten 130 unterschiedliche Pyramidenarten. Bruno-Fadi ließ eine achteckige bauen, die 75 Meter hoch und 40 Meter pro Kante breit sein sollte. Darüber wundert sich aber das Volk, denn er hatte doch bereits eine Pyramide. Bruno-Stefan sah in seinen Träumen in dieser Welt ein begrüntes Ägypten, da durch eine Eiszeit Europa, Nordasien und Nordamerika schneebedeckt und schwer bewohnbar geworden waren. Die gemäßigte Zone befand sich in Nordafrika, Mexiko und Südasien. Das Erdölzeitalter hatte in dieser Zivilisation noch nicht begonnen. Elektrizität wurde durch Wind-, Wasser- und Sonnentechnologien erzeugt. Entsprechende Aquädukte leisteten ihren Dienst.

Pharao Rhodi, dem der Körper eigentlich gehörte, schwächte Bruno-Fadi, indem er in seinem alten Körper Krebszellen streuen ließ. Daher auch die Träume von dem Zahnverlust. Die Medizin der Ägypter konnte viel, nur Krebs blieb unheilbar. Diese Träume würden Bruno-Stefan noch ein paar Jahre begleiten. Als Pharao nahm er den Reichen die Dekadenz, half den Armen und setzte sich für den Frieden ein. Darüber wunderten sich einige, da Pharao Rhodi ein kriegerischer Pharao war. Seine Feinde versuchten alles, um ihn zu töten, aber Waldi sorgte dafür, dass die Attentate erfolglos blieben.

Mitten in einer Konferenz wurde Bruno-Fadi schwarz vor Augen und er fiel in eine Ohnmacht. Schnell transportierten sie ihn ab. Der Rettungsdienst war mit ihm gerade aus dem Konferenzsaal, da explodierte eine Bombe im Saal. 17 Tote und 153 Verletzte waren die Opfer des Anschlages. Es bekannte sich der BF (Blauer Frühling), eine Terrororganisation aus Südafrika, welche für die Legalisierung von Alkohol in Ägypten kämpfte. Im Grunde wäre Bruno-Fadi auch dafür, aber er kannte sein Volk, dessen Mehrheit sich gegen die Legitimation von Ethanol einsetzte. Bruno-Stefan musste sich deshalb mit Todesängsten in seinen Träumen auseinandersetzen und freute sich, dass es nur Träume waren.

Faszinierend an der Welt der Ägypter war für Außenstehende der nicht benötigte Umweltschutz. Zwar konnten die Ägypter nicht zum Mond fliegen, aber Elektromotoren ermöglichten ein umweltfreundliches Fliegen. Durch die Eiszeit und den Kohlenstoffdioxidmangel in der Luft war die Biomasse in dieser Welt um 75 % geringer als die der Primärwelt. Trotzdem lebten zwei Milliarden Menschen auf dieser Erde. Die Nahrung war ausreichend und gerecht in den Bevölkerungen verteilt. Die Rechenmaschinen basierten auf einem Oktal- statt einem Binärzahlensystem, wodurch Prognosen effektiver berechnet werden konnten, da jene Technologie zur Semantik führte. Leider konnten diese Computer nicht sehr hoch getaktet werden, was sich negativ auf die Rechengeschwindigkeit auswirkte. Semantisch sollte die Technologie frühestens in 10.000 Jahren werden, da die Forschung andere Schwerpunkte verfolgte. So konnte sie beispielsweise Salzwasser in Trinkwasser transformieren und dabei noch Mehrstrom erzeugen. Dieser Prozess gewann mehr elektrische Energie, als verbraucht wurde. Im Winter hatten die verschneiten Pyramiden einen besonderen Charme in Bruno-Stefans Träumen, da über allen Universen die Zeit der Besinnlichkeit Einkehr hielt. Zwar zelebrierten nur die Christen ein Fest, aber der Geist von Weihnachten verzauberte jeden Menschen.

Ungewöhnlich zu dieser Jahreszeit,

Schnee weit und breit,

der Wetterbericht hat gelogen,

wäre ich nur in den Süden geflogen.

Heute kommt niemand,

mich zu füttern,

sie feiern alle, ich kann es wittern,

es qualmt der Schornstein,

ich fliege zum Fenster hin.

Was ich da sehe,

am liebsten wäre ich mit drin.

Es gibt Kuchen, allerlei Gebäck,

da unter' m Baume,

das wäre ein gutes Versteck,

nur sind dort schon gut verpackt

viele Geschenke,

alle warten auf den Akt.

Auf einmal an der Tür

lautes Gepolter.

Die Kinder denken:

was für eine Folter!

Seite 41

Ein alter, rot-weiß gekleideter Mann tritt ein,

alle fangen an zu schreien.

Er verteilt die Geschenke,

so wunderschön ist es und ich denke,

hat nicht jeder eine Familie verdient, die einen liebt?

Das sind die schönen Dinge,

die es gibt.

Das Pulverfass

Bei der Bundestagswahl im primären Universum gewann eine Newcomer-Partei. Da diese Partei keine absolute Mehrheit erreichte, schlossen sich die anderen Parteien zu einer Koalition zusammen. Das Programm der neuen Partei klang vielversprechend, sie wurde aber von den Anhängern des Teufels geführt. Der Austritt Deutschlands aus der EU würde nur mittelfristig einen höheren Lebensstandard der Bevölkerung erzeugen. Das sah die Koalition genauso problematisch. Sollte ein Dexit der Wunsch der Bevölkerung sein, dann hätten sie langfristig durch den demographischen Wandel ein reales Problem. Es war nicht abzusehen, dass in 30 Jahren durch Automatisierung menschliche Arbeitskräfte größtenteils ersetzt werden können, sodass ein autarker deutscher Binnenmarkt entstünde.

Durch Terrornachrichten und immer mehr Anschläge und eine falsche Einwanderungspolitik wurde die Bevölkerung ängstlich. Sie wünschte sich mehr Sicherheit vor dem Terror und Wohlstandssicherung. Die Regierung beschloss deshalb, die Abschiebungen zu vereinfachen und Ausländern nur eine Aufenthaltsgenehmigung auszustellen, wenn die Arbeitslosenquote regional unter 4 % lag. Das führte dazu, dass hauptsächlich in Süddeutschland Asylanten aufgenommen wurden. Die Asylanten mussten sich ausbilden lassen, es sei denn, sie waren gut ausgebildet. Der Anspruch auf Sozialhilfe bestand für sie nur drei Jahre lang. Gingen sie bis dahin keiner regulären Beschäftigung nach, erlosch der monetäre Anspruch. Gegen den Terror fand die Regierung jedoch kein Patentrezept.

Die Welt in ständigem Wandel

sich befindet,

der Terror die Menschen eher verbindet,

gegen einen gemeinsamen Feind,

schade um die Opfer, die jemand beweint.

Doch welches Ausmaß nimmt das Ganze,

kommen Nuklearwaffen ins Spiel,

hoffentlich erhalten die Terroristen

keine Chance,

Atombomben zu platzieren für ihr Ziel.

Gegen Luzifers Annahmen rauften sich die Industrieländer und die Schwellenländer zusammen, um gemeinsam die Terrororganisationen zu zerschlagen. Dabei rückten sie auch wirtschaftlich zusammen. Bruno-Stefan lebte glücklich. Er sah, wie seine Kinder großwurden und schaute optimistisch in die Zukunft. In seiner Freizeit ging er am liebsten mit seiner Familie essen oder sie grillten.

Grillmeister Bruno-Stefan fiel ein Bratwürstchen vom Grill.

Was nun tun? Er blieb erst einmal still.

Zum Glück kam da Oma Gudrun,

Bruno-Stefan dachte, das Würstchen würde ihr guttun.

Weil Oma nach Würstchen fragt,

wurde nicht lange getagt.

Aber natürlich haben wir etwas für den Genuss

und das ist auch schon des Kapitels Schluss.

Beflügelnde Sinne

Der Moment, der die Ewigkeit sein könnte, für einen Krüppel nicht erreichbar erscheint. Die Sonne lässt den Tau auf den Blättern in einem Nebel verschwinden. Beflügelt das 5. Element die Sinne oder erblindet dabei die Seele?

Bruno lebt in einem Paralleluniversum als Glöckner vom Sack, der körperlich wirkt wie ein Wrack. Brillant sind seine Ideen, doch welch eine Schande, seine Worte verhallen ungehört im Lande. So lebt er Tag ein Tag aus in einem verkommenen Haus. Gemütlichkeit und ohne Streit, geplagt von der Einsamkeit verbringt er viel Zeit in seinem Heim und wärmt sich im Winter an einem Ofenstein.

Die blinde Fischerstochter wird aus ihrem Heim vertrieben und niemand ward ihr geblieben. Das Schicksal lässt Seelen sich finden, die einander binden, nicht durch ein Gelöbnis oder einen Schwur wirkt dieses Gefühl wie die reinste Kur.

Ein Wunder der Natur bleibt die Knospe. In schönster Pracht des Mauerblümchens erstrahlt die volle Blüte und es sei bedacht, nicht jeder Blume sei es vergönnt zu erblühen, wär es auch in einem tiefen Schacht, in dem die Sonne strahlt und mit ihrer Stärke prahlt, als müsse keine Blume welken in unserer Welt, brauchen wir immer am Ende einen Held?

Was letztendlich bleibt, ist ein Prosit auf die Gemütlichkeit.

Drei Worte für mich und dich,

die uns verbinden,

durch diese wir immer wieder

zueinander finden.

Drei Worte für gute und schlechte Tage,

einander zu lieben ohne Frage.

Drei Worte nur für uns zwei,

die daraus machen

vielleicht auch bald drei.

Sich zu lieben, bedeutet

nicht immer Harmonie,

dazu gehört auch Zank und Streit.

Sich lieben ist wie eine Symphonie,

im Sonnenuntergang sitzen

voller Heiterkeit.

Wie heißen nun die drei Worte,

die so sind so unschlagbar?

Ein Leben mit dir,

das ist einfach wunderbar.

Wie heißen nun die Gefühle,

die uns verbinden?

Liebe, Hass, Angst, Verständnis

wir in unseren Herzen finden.

Wie Heißen nun die drei Worte

für dich und mich?

Sie heißen ganz einfach:

Ich liebe DICH!!!

Die Herstellerproduktmarkierung

Bruno-Herbert führte die Produktmarkierung mit RFID-Chips ein. In der Landwirtschaft erhielt beispielsweise eine Ernte von Gerste einen Chip. Es wurde das Gewicht gemessen und in einer zentralen Datenbank gespeichert. Danach wurde es zu einem Silo transportiert. Die Länge der zurückgelegten Strecke wurde gemessen und ebenfalls gespeichert. Nun brauchte ein Müller Korn. Also wurde ein Teil des Korns an ihn geliefert. Das gemahlene Mehl erhielt einen neuen RFID-Chip, auf dem die bisher zurückgelegte Strecke gespeichert wurde. Der Müller lieferte einen Teil seines Mehls zum Bäcker. Die zurückgelegte Strecke wurde hinzuaddiert und das daraus gebackene Brot erhielt ebenfalls einen RFID-Chip. Das Brot wurde dann zu einem Discounter geliefert. Das Gewicht und die zurückgelegte Strecke der Zutaten waren bekannt. Es konnte also die fällige Wegesteuer für das Brot berechnet werden. Die Markierung der Produkte hatte noch einen weiteren schönen Nebeneffekt:

Einkaufszentren speicherten akribisch genau ab, in welchem Regal welches Produkt lag. Durch eine Einkaufs-App konnte ein Kunde mittels Standortbestimmung über WLAN genau zu dem Regal geführt werden, in dem das Produkt lag. Bevor er dort hin navigiert wurde, hatte er die Möglichkeit, sich via App über den Preis des Produktes, Herstellungsort und vieles mehr zu informieren.

Bruno-Herberts Sohn Pfiffi-Daniel (Erzengel Pfiffi) stand kurz vor seinem Abitur. Dass sein Vater Bundeskanzler war, erschwerte ihm den Abschluss, da dadurch der Leistungsdruck enorm war. Er kam aber gut durchs Abitur und er wollte Innenarchitektur studieren. In der Walter-Uni in Berlin schrieb er sich ein und genoss das Studentenleben. Sein Vater kaufte ihm ein Appartement in Uninähe.

Das Abitur ist ein großer Meilenstein,

er wird jedoch nicht dein letzter sein.

Durch Vergangenheit, Gegenwart und Zukunft sind Vernunft
und Optimismus deine Begleiter,

gebrauche sie, dann geht es im Leben immer gut weiter.

Nutze die Vergangenheit als deinen Berater,

du lernst von ihr, wie von einem weisen Vater.

Die Gegenwart musst du genießen,

so wird dein Lebensbaum weiter sprießen.

Bei jedem Handeln sollst du auch an die Zukunft denken,

so wirst du sicher auf den Hafen der Glückseligkeit lenken.

Sollte dich trotzdem der Mut einmal verlassen,

helfend steht deine Familie hinter dir in allen Lebensklassen.

Mögest du weiterhin von der Frucht des Erfolges kosten,

vergiss nicht: Wer stehen bleibt, fängt an zu rosten.

Vatertag

Obwohl der Wohlstand stieg, war die Bevölkerung in Bruno-Herberts Welt unzufrieden. Schuld daran war die Presse. Die Flüchtlingsfrage wurde nicht geklärt und es blieben die Gefahren des Terrorismus. Ein Patentrezept würde es für diese Probleme nicht geben. Sohn Pfiffi-Daniel ermunterte Bruno-Herbert, den Herrentag mit ihm gebührend zu feiern, um den Alltag für einen Moment zu vergessen. So feierten beide leidenschaftlich den Vatertag.

Es gibt einen Mann, groß und stark,

dem ich für alles gern Danke sag.

Er gab mir viele Weisheiten

mit auf den Weg,

hat einen großen Anteil daran,

worauf ich Wert leg.

Himmelfahrt ist dein Ehrentag,

Papa, du gehörst zu dem Menschenschlag,

der immer sein Gesicht bewahrt,

sind die Auswirkungen auch noch so hart.

Du bist eben ein richtiger Mann,

der nur zeigt, wenn es darauf ankommt, was er kann.

Nun ist es Zeit, dir zu sagen:

Hab dich lieb, bleibe so erhaben.

Österliche Stimmung

In österlicher Stimmung suchte Pfiffi-Daniel nach Ostergeschenken in den Sträuchern um Bruno-Herberts Haus, auch wenn er sich in einem Alter befand, in dem keiner mehr an den Osterhasen glaubt. Es war die Freude groß über die kleinen Geschenke. Zu den Feiertagen fand immer die ganze Familie zusammen und alle entflohen genüsslich dem Alltag. Kaum sonst beschäftigten sich alle so miteinander wie zu den Feiertagen. Obwohl alles harmonisch erschien, hatte jeder sein Päckchen zu tragen. Pfiffi-Daniel beschwerte sich über das Studium. Was er dort lerne, würde er in seinem Arbeitsleben kaum anwenden können. Ihm fehle der Praxisbezug. Bruno-Herbert erklärte ihm, dass das Studium dazu diene, wissenschaftlich denken zu lernen, und die praktische Arbeit würde er noch früh genug kennenlernen. Aber Pfiffi-Daniel hatte auch etwas Schönes zu berichten. Er hatte eine Freundin gefunden, diese würde er bei seinem nächsten Heimatbesuch vorstellen. Sie hieß Jenny. Sie kannten sich bereits seit drei Jahren.

Die Katzenmutti führt die Jungen durch den Garten,

vor lauter Neugier können die Kleinen es kaum erwarten.

Es blühen Märzenbecher und Osterglocken,

vereinzelt zwischen dem Gras ein paar Schneeflocken.

Das Brüderchen anfauchen und etwas necken,

er soll aufhören, an den bunten Eiern zu lecken.

So vieles Neues gibt es zu entdecken,

erst einmal entspannen und recken.

Der Tag so schön, die Sonne uns warm

auf den Rücken strahlt,

merkwürdige Wesen sind hier,

Schokolade in Hasengestalt.

Mit dem Schwesterchen nun eine Runde raufen,

die Mutti achtsam uns ermutigt zum Weiterlaufen.

Jetzt aber ganz schnell verstecken,

auftauchende Zweibeiner könnten unser Fell beflecken.

Seite 52

Suchend schauen diese in alle Ecken,

es ist Ostern, das müssen wir erst einmal checken.

Heiter durchs Studium

Mündlich konnte sich Pfiffi-Daniel im Studium bestens verkaufen, nur bei seinen schriftlichen Prüfungen lag er zwischen 2 und 3. Mit Jenny erlebte er seine ersten erotischen Abenteuer und war schwer verliebt. Da er sich im letzten Studiengang befand, in dem ein Diplom verliehen wurde, hatte er nur begrenzt Zeit, erfolgreich sein Studium abzuschließen. Seine Universität bot danach nur noch Bachelor- und Masterstudiengänge an. Es handelt sich um ein Abendstudium und er war einer enormen Belastung ausgesetzt. Nach einem stressigen Studienabend halluziniert Pfiffi-Daniel. Er begegnete einer Frau, die ihm sagte, sie sei im vorletzten Semester und in ihrer Fallstudie sei einer, der mündlich sehr gut mitarbeitet. In der Fallstudie aber zitierte diese Kommilitonin Pilipedia mit falschen Quellangaben, wodurch die ganze Gruppe eigentlich durchfallen müsste. Diesen Fehler beging Pfiffi-Daniel aber wirklich einmal selbst in seinem vorletzten Semester. Voller Schuldgefühl berichtete er dem Prüfer vor der Benotung von seinem Fehler. Seine Gruppe verbesserte den Fehler und das Resultat seiner Aktion führte dazu, dass sie wegen kollegialer Zusammenarbeit am besten bewertet wurden. In seine Diplomarbeit steckte er besonders viel Mühe und Arbeit, was aber nicht belohnt wurde. Wegen zwei Verständnisfehlern bekam er eine 4.

So ungerecht würde das Arbeitsleben zu ihm nicht sein, da er durch die Stellung seines Vaters Privilegien genoss und er es eigentlich gar nicht nötig hatte, sein Geld durch Arbeit hart zu verdienen. Pfiffi-Daniel wollte aber unabhängig von seiner Herkunft leben und freute sich, sein Hochschulstudium absolviert zu haben. So konnte Pfiffi-Daniel beruhigt schöne Schmusestunden mit Jenny erleben. Zusammen verbrachten sie eine wunderschöne, romantische Zeit, in der Pfiffi-Daniel mit den passioniertesten Komplimenten Jenny wunschlos glücklich auf Wolke sieben schweben ließ. So sagte er zum Beispiel, ihre Augen seien das Tor zum Himmel und die Seele, die sich dahinter verberge, zeige ihm die Kraft der Liebe, für die das Leben der Weg in eine bessere Welt sei. Pfiffi-Daniel und Jenny hatten für eine kurze Zeit sorgenlose Momente, in denen ihnen die Wollust viele romantische und erotische Erlebnisse bescherte.

Das Paradies

zwischen ihren Beinen,
der Gedanke, dazwischen zu sein lässt ihn meinen, für die
schönste Nebensache der Welt
bin ich just in diesem Moment

ihr größter Held.

Wenn sie in voller Ekstase
atmet tief durch Mund und Nase,
erregt es ihn umso mehr,
das feuchte Paradies liebt er sehr.

Es bis zum Höhepunkt zu treiben,

sich an endlosem Verlangen

zu weiden,

wenn sich zwei dazu finden,

erotische Erlebnisse sie

unvergesslich verbinden.

Am Ende des Studiums hatte die Offenbarung der Liebe zwischen Pfiffi-Daniel und Jenny noch nicht stattgefunden. Nicht ohne Grund hatte Pfiffi-Daniel gezögert, Jenny seinen Eltern vorzustellen. Dass seine Mama sie akzeptieren würde, das wusste Pfiffi-Daniel. Nur die Reaktion seines Vaters bereitete ihm Sorgen. So kam es, wie es kommen musste. Da Jenny als Bürgerliche aus bescheidenen Verhältnissen stammte, war Vater Bruno-Herbert nicht zufrieden mit Pfiffi-Daniels Partnerwahl. Pfiffi-Daniel stand aber zu seiner Liebe. Daraufhin drohte Bruno-Herbert mit Enterbung und dem Entzug der finanziellen Förderung. Unbeeindruckt hielt Pfiffi-Daniel zu Jenny. Das führte allerdings zu Spannungen in ihrer Beziehung. Die Presse sorgte für noch mehr Streitthemen zwischen den beiden. Würde ihre Liebe dieser Zerreißprobe standhalten? Die Zeit würde zeigen, wie sie zueinander stehen.

Ein Bindeglied würde auf jeden Fall für immer bleiben, denn Jenny war schwanger, wovon Pfiffi-Daniel aber nichts wusste. Weil Jenny nicht wollte, dass Pfiffi-Daniel auf sein Erbe verzichtete, trennte sie sich von ihm. Pfiffi-Daniel dachte aber, sie würde sich aus materiellen Gründen trennen, da er mit ihr in Armut leben müsste. Er erkannte nicht, dass sie aus Liebe handelte und zumindest ihm ein Leben ohne Geldsorgen gönnte. Was sie bei dieser Entscheidung vergaß, war der

Entzug des Kindes. Pfiffi-Daniel hätte die Armut vorgezogen, hätte er gewusst, dass er Vater wird.

Jennys Schutzengel Nicky diskutierte mit Waldi über Bruno-Herberts Verhalten. Waldi sah ein, dass Pfiffi-Daniel und Jenny zusammengehörten. Im Primäruniversum würde Waldi alles so drehen, dass die beiden zusammenbleiben, aber die beiden Seelen fanden nur in Bruno-Herberts Paralleluniversum zusammen, daher hatte diese Liebe für Waldi keine Priorität. Nickys bestes Argument war die Einmaligkeit dieser Liebe in allen Universen und die neue Seele, die durch diese Beziehung entstand. Obwohl Bruno-Herberts Schutzengel sehr viel zu erledigen hatte, setzte er sich für die Liebe der beiden ein. Da gab es aber ein Problem. Durch die Einmaligkeit dieser Liebe konnte Bruno-Herbert nicht von der Beziehung zwischen Jenny und Pfiffi-Daniel träumen. Also wandte Waldi einen Trick an. Bruno-Herbert träumte nicht von der derzeitigen gescheiterten Beziehung seines Sohnes, sondern von der besten Kandidatin für eine Beziehung mit seinem Sohn, und da kam Jenny ins Spiel. In Bruno-Herberts Unterbewusstsein verarbeitete auch Brunos Geist, wie gut Jenny als Schwiegertochter wäre, und so lenkte Bruno-Herbert ein. Er nahm seine Drohungen zurück, Pfiffi-Daniel wegen der Beziehung zu Jenny zu enterben.

Als Pfiffi-Daniel Jenny von dem Sinneswandel seines Vaters erzählte, offenbarte sie ihm ihre Schwangerschaft. Pfiffi-Daniel konnte sein Glück kaum fassen und freute sich riesig. Jenny brachte Tochter Alexa zur Welt, die leider behindert war. Sie war von Geburt an blind. Der Grund dafür war: Im primären Universum existierten diese Liebe und Alexas Seele nicht, daher bekam die neue Seele in einem kranken Körper im Paralleluniversum eine Chance. Sollte diese Seele die Lebensprobe bestehen, könnte sie im nächsten Leben im primären Universum gesund geboren werden.

Das änderte auch Bruno-Herberts Politik. Neben der sozialen Sicherheit der Bevölkerung wurde die medizinische Forschung Mittelpunkt seiner Politik werden. Innerhalb von zehn Jahren gelang der Forschung ein Durchbruch bei künstlichen Augen – dank der Hilfe von Bruno-Falco Gutsmann alias Bruno aus einem fortgeschrittenen Universum, der mit der Kraft von Wurmlöchern in Paralleluniversen half. Somit entlastete Bruno-Falco Gutsmann seinen Schutzengel bei dessen Aufgabenbewältigung. Die Bevölkerung schaute mit besonderem Stolz auf ihren Kanzler, da dieser nicht nur in der Politik wie ein Ass agierte, sondern auch als Mediziner. Bruno-Falco konnte durch das Wurmloch nur zu seiner eigenen Seele springen und diese war nun einmal Bruno-Herbert.

Als Alexa das erste Mal das Licht der Welt erblickte, war es für sie unbegreiflich schön, fern ihrer kühnsten Vorstellungen. Diese zehn Jahre schweißten Bruno-Herbert mit Pfiffi-Daniel und Jenny richtig fest zusammen. Pfiffi-Daniel schaute hochachtungsvoll zu seinem Vater auf, wie dieser die Welt ein bisschen besser werden ließ. Bruno-Herbert verlor seine Vorurteile gegenüber Jenny. Jennys größter Wunsch, die Gesundung Alexas, wurde erfüllt. Pfiffi-Daniel wurde mit seinem Geschmack bei Inneneinrichtungen Trendsetter in seiner Generation. Er mischte warmes Grün mit gemütlichem Braun und Beige. Stilvolle Möbel rundeten das Kunstverständnis ab. Es entstand eine mondäne Form der Bequemlichkeit. Ein Wehrmutstropfen blieb der unbesiegte Terrorismus.

Das Universum des Schreckens

Neben den vielen Paralleluniversen existierte ein Universum des Schreckens. In diesem fehlte die Gravitation. Materie konnte sich deshalb nicht zu Molekülen zusammensetzen. Seelen hatten in diesem keinen Platz. Das Problem mit diesem Universum war, dass es sich vergrößerte und andere Universen zerstörte. Gott gab zu, dass es eine Fehlkonstruktion war, da die Ewigkeit damit endlich werden könnte. Luzifer gefiel der Gedanke des großen Nichts. Er unternahm alles für die Ausweitung dieses Gebildes. Dazu muss gesagt werden, dass jedes Universum einen Hüter hat. Sollte dieser seinen Wirkungskreis verlieren, dann könnte das Schreckensuniversum diesen Kosmos verschlucken. Der Teufel unternahm nun alles, um die Hüter bei ihrer Arbeit zu stören. Die Hüter entschieden beispielsweise, welche Naturgesetze geändert werden, und holten sich dazu Rat von den Erzengeln ein. Sie erfüllten auch deren Wünsche.

Waldi schlug vor, neue Universen zu generieren, sollte ein Hüter arbeitslos werden. Leider verweilten die arbeitslosen Hüter im göttlichen Gewahrsam, bis der Teufel deren Entlassung zustimmte. Für die Freilassung der Hüter verlangte Luzifer, dass diese als Mensch geboren werden, wodurch er sie verführen könnte, sodass die Hüter bei Gelingen in der Hölle endeten. Dieses Angebot sollte aber erst angenommen werden, wenn die Anzahl der Universen zweistellig geworden war, und das könnte noch eine halbe Ewigkeit dauern – oder auch nie geschehen. Falls alle Hüter in der Hölle enden sollten, würde es nur noch Himmel und Hölle geben, ohne die Universen. Dem Teufel dann die Hüter zu entlocken, würde fast unmöglich.

Brunos Leben war gesichert und er dachte über das menschliche Erbe nach.

Unsere Eltern geben uns

mit auf den Weg,
was sie gelernt haben.
Wenn ich die

alten Traditionen heg,
sollte ich dabei auch

etwas Neues wagen.

Wie die Kinder müssen auch die Eltern lernen,
Nichts bleibt beständiger

als die Veränderung.
So wird es etwas Gutes werden,
zu mischen alte und neue Gewohnheiten ohne Bedrängung.

Es ist das Schönste in der Welt,
Toleranz zu beweisen

und zu verstehen.
Wenn eine Familie zusammenhält,
werden noch viele

schöne Jahre vergehen.

Es geschah im Winter

Als Rhodi war Bruno-Fadi ein einsamer Pharao. Er lernte keine Frau kennen, die ihn liebte, seine Impotenz trug ihren Teil dazu bei. Da er an einer Krebskrankheit litt, hatte er eine sehr niedrige Lebenserwartung. Die Ärzte sagten, er würde maximal 30 Jahre alt werden. Nun belief sich sein Alter bereits auf 29 Jahre. Deshalb verschwendete er keine Zeit mit Spielereien und widmete sich der Forschung. Der Durchbruch bei der Entwicklung der kalten Kernfusion gelang ihm im letzten Moment. Mithilfe der Engpasstheorie erfand Bruno-Fadi eine Methode, die Wasserstoff in Helium umwandelte. Besser wäre es noch, man könnte aus Blei Gold gewinnen. Diese Erfindung war aber für eine andere Welt bestimmt. Der Nachteil bei der Heliumgewinnung war, dass Helium zu den Edelgasen gehört und es sich nicht in der Atmosphäre halten kann. Somit verschwand der Wassersoff von dieser Welt, der aber ein Grundbaustein des Lebens ist. Kurz nachdem er dieses Verfahren erfand, verstarb Bruno-Fadi.

Zunächst war nun das Problem der Energieknappheit gelöst. Er würde entweder als Held gefeiert werden oder als Weltuntergangstifter der ägyptischen Leitkultur in die Geschichte eingehen. Je nachdem, was seine Nachfahren mit seiner Erfindung anstellen würden. Bruno-Fadi verstarb im Winter und hatte mit dem Wetter seine Freude.

Seit Wochen das Thermometer unter 0 Grad,

was mache ich jetzt nur, brauche guten Rat.

Ein Freund lädt mich zum Schlittern ein,

auf dem zugefrorenen See soll es sein.

Dort angekommen beginnt die Schlitterpartie,

so viel Spaß hatte ich im Winter noch nie.

Welche Freude bringt doch das Rutschen,

zwischendurch an einem Eiszapfen lutschen.

Ich nehme Anlauf, es macht mich froh,

auf einmal liege ich auf dem Po.

Lautes Gelächter, mache weiter so,

jetzt bin ich aber k.o.

Zu Hause angekommen vor der Heizung sitzen,

es dauert lange, bis ich komme ins Schwitzen.

Von Innen wärmt mich ein warmer Tee,

das ist das Schöne am Winter, das Eis und der Schnee.

Die bunte Jahreszeit

Bruno-Stefans Lieblingsjahreszeit war der Herbst. Er fuhr in den Oktoberferien mit seiner Familie in die Berge. Mit einem Cabrio durch die bunte Blätterwelt bei 23° Celsius fahren – was für ein Hochgefühl. Bei diesem Wellnessurlaub erholte sich die Familie so sehr, dass Bruno-Stefans Bandscheibenleiden verschwand und der Rest der Familie die Alltagssorgen vergaß. Für einen Moment konnten alle erahnen, wie es im Himmel sein muss. Waldi ließ Bruno-Stefan in seinen Träumen erkennen, dass sich so das Paradies anfühlt, ganz ohne die Versuchung. Leider sind derartige Momente im Leben zu selten, aber sie geben dem Leben einen tieferen Sinn. Das Streben nach Glück und Harmonie hatte sich zumindest für diesen Urlaub gelohnt.

Ist es den Vögeln zu bunt
und sie ziehen ihre Rund,
in den warmen Süden,
werden einige das Wetter rügen.

Der Herbst hält

so manche Überraschung bereit,
bezaubernd sein buntes Abendkleid.
Nicht mehr lange,

dann ist die Landschaft verschneit,
die Bäume sind von ihren Blättern befreit.

Jetzt kommt eine spezielle Zeit,
für kuschlige Stunden sind jene bereit,
die dem Alltag nicht erliegen,
noch träumen und sich nicht nur bekriegen.

Manche sich im Glücke wiegen,
sorglos sich an den

Nachwuchs zu schmiegen.
Lass das Wetter sein, wie es will,
der Harmonie ist es egal,

ob der Wind laut ist oder still.

Spätes Erwachen

Bruno-Stefan kam über einige Beziehungen an Filmmaterial aus seiner Zeit in der Psychiatrie heran. Sein Krankheitsbild war von Größenwahn und Beobachtungsängsten geprägt. Dieses Filmmaterial versetzte ihm einen Schrecken, da es für ihn damals normal war, skurrile Geräusche von sich zu geben sowie der Kamera sein intimstes Stück zu zeigen, damit zu wedeln und dabei Werbung für ein Deo zu machen. Nun war ihm alles sehr peinlich und er wünschte sich von dem Krankenhaus, dass diese Aufnahmen nie veröffentlicht würden. Er erkannte, wie sehr er seine Umwelt strapaziert hatte, und lobte das Gesundheitssystem. Bruno-Stefan ahnte, dass es nicht das letzte Mal gewesen war, dass er in einer gesundheitlichen Zwickmühle saß. Das entschied zum Teil Waldi, der ihm den Weg in den Himmel ebnen wollte. Hochmut kam vor dem Fall. Waldi wollte nur, dass Bruno-Stefan bodenständig blieb und den Weg der Gerechten wählte.

Lissy-Bianca stand nicht hinter Bruno-Stefan. Er war ihr peinlich. Sie suchte einen anderen Mann, einen intelligenten und gesunden mit guten finanziellen Mitteln. Möge die Zeit ihr wohl gesonnen sein. Mit Bruno hatte der Himmel noch etwas Besonderes vor, wenn er an der Pforte klingelte. Für den Moment genoss er erst einmal den Frühlingsabend und kam auf andere Gedanken.

Der Arbeitsalltag zehrt an den Kräften,
die Bäume stehen voll in ihren Säften,
auftanken zwischen den Lärchen,
Mutter Natur malt uns ein buntes Bild wie aus einem Märchen.

Märchen haben ein gutes Ende,
so macht der Stresspegel nun die Wende,
lauschen der Vögel Melodie,
manch ein Komponist wurde so inspiriert

zu einer Symphonie.

Das laue Lüftchen lässt uns träumen,
von einer besseren Welt,

in der wir nichts versäumen.
Der gelbrote Sonnenuntergang

verleiht ein geborgenes Gefühl,
ein gelungener Feierabend,

wenn auch etwas schwül.

Späte Einsicht

In Bruno-Herberts Welt taten sich Abgründe auf. Staaten, die Atomwaffen besaßen und weder der westlichen noch der östlichen Allianz angehörten, verkauften Plutonium an Terroristen. Der Welt stockte der Atem. Die neue Gefahr ließ die Staaten noch mehr Bündnisse schmieden. Terrororganisationen forderten, eigenständige Staaten gründen zu dürfen in den von ihnen besetzten Gebieten. Weder der Westen noch der Osten ließen sich erpressen. Bruno-Herbert führte die totale Überwachung ein. Der Handel zu dem Schurkenstaat, der Plutonium verkaufte, wurde eingestellt. Dieser musste nun autark wirtschaften. Viele Terroristen wurden überführt.

Als es in Amerika Terroristen gelang, in einer Metropole eine Atombombe zu zünden, war Schluss mit lustig. In einem Gewaltakt wurden die Regionen, aus denen der Terror kam, sowie die Schurkenstaaten dem Erdboden gleichgemacht, ohne Atomwaffen. Auch viele Unschuldige wurden Opfer dieser Militäraktion. Es verloren mehrere Millionen Menschen das Leben durch den Krieg.

Diese Gebiete wurden zu Naturreservaten und Gedenkstätten umfunktioniert. Es war schlimm, dass der Terror unberechenbar zuschlug und nicht anders zu bändigen war. Bruno-Herbert fand die gewalttätige Lösung des Problems schrecklich. Er wünschte, er hätte rechtzeitig die totale Überwachung eingeführt. Dann würden noch ein paar Millionen Mensch mehr leben. Die Zeit ließ sich aber nicht zurückdrehen und Fehler wurden nun einmal bestraft.

Auf dieser Welt herrschte nun Weltfrieden. Es gab keinen Hunger mehr. Kriminelle wurden durch die totale Überwachung schnell überführt.

Es gibt Tage, an denen fühle ich mich unwohl in meiner Haut.

Meine mentale Lage sagt mir: Schrei ganz laut.

Ich und die Welt, wir sind einfach nicht im Reinen.

Nichts, was mir gefällt, ich könnte einfach nur weinen.

Dabei muss man nur mit offenen Augen durch die Welt gehen,

es gibt genügend andere Schicksale, die wir täglich sehen,

um die Botschaft zu erkennen und zu verstehen,

eigentlich geht es mir gut, meine Gedanken sollten sich

um etwas anderes drehen.

Brunos Erlösung

Es geschah an einem sonnigen Frühlingsabend. Bruno-Stefans Herz hörte auf zu schlagen. Der Himmel öffnete sich, Waldi erwartete Bruno an der Himmelspforte. Die beiden hatten sich viel zu erzählen. Gott erklärte ihnen, sie würden nun die Rollen tauschen, aber erst einmal sollten sie die gemeinsame Zeit im Himmel genießen. Bruno war überrascht von den vielen Leben, die er parallel führte. Bruno-Herberts Tod stellte einen großen Verlust für seine Welt dar, da seine Visionen und Reformen den Weltfrieden gebracht hatten. Insgesamt freute es Waldi, wie sich Bruno entwickelt hatte. Als Erzengel sollten die beiden in den nächsten sieben Menschentagen, welche im Himmel tausendfach länger waren, als Berater der Hüter der Universen agieren. Waldi erzählte Bruno von seinem großen Erfolg mit der Etablierung der Dimension der Einsicht. Beide hatten das Irdische und Überirdische ein bisschen besser werden lassen.

Ist ein Mensch normal,
hat er im Leben nicht die Wahl,
zwischen Frust und Qual.

Den anderen gute Gefühle geben,
gehört bei außergewöhnlichen Menschen zum Leben,
sie kennenzulernen ist ein Segen.

Die besonderen Geschöpfe Gottes,
sind oft Opfer des Spottes.
Manche erkennen aber

ihre besondere Gabe,
lieben zu können, voller Hingabe.

Das Leben ist kein Spiel,
jeder möchte sagen können,

dass es ihm gefiel.
Wahren Dank auszusprechen,

kann man bei jenen wagen,
die ehrliche Anerkennung

im Herzen tragen.

Brunos Konferenz

Im Himmel, an einem riesigen Tisch, saßen alle Seelen, die Bruno zu Lebzeiten gekannt hatte und die vor ihm gestorben waren. Es wurde diskutiert, wer welche Fehler begangen hatte, wer wem nicht verzeihen konnte, wer es mit einem gut gemeint hatte und es wurde das Geheimnis gelüftet, wie man Erzengel wird. Seelen, die das Vaterunser lebten und jedem Schuldiger vergaben, die wurden Erzengel. Die Seelen, die es zum Schutzengel schafften, denen widerfuhr im Himmel das, was die Erzengel zu Lebzeiten zelebrierten.

Sie vergaben jeden, eine Tugend, die notwendig für die Position als Schutzengel war. Jene Seelen, die aus der Hölle zur Konferenz erschienen, hatten die Möglichkeit, ein neues Leben als Tier zu ergattern, sollten sie für ihre Untaten wahre Reue empfinden. Einigen wenigen gelang das auch, wobei Luzifer darüber sehr erbost war und ihnen ein qualvolles Leben versprach.

Bruno erfuhr ein noch nie dagewesenes Gefühl von Genugtuung, Erlösung und Euphorie mit einem Geschmack von grüner Zitrone und süßem braunen Nougat sowie dem Klang vieler Glocken, die für ein neues Zeitalter erklangen. Er appellierte an die Höllenhunde, die eine neue Chance bekamen, nicht gleich das Vaterunser auszuleben, aber wenigstens so gerecht als Tier zu handeln – sei es auch nur als Eintagsfliege –, dass sie im Anschluss nach ihrem tierischen Leben als Mensch wiedergeboren würden. Eine Wahl hatten die Seelen der Hölle bei Neugeburt, und zwar als was für ein Tier sie wiedergeboren werden möchten. Nach diesem neuen Leben gelangten sie entweder zurück in die Hölle oder wurden als Mensch wiedergeboren. Somit waren Konvertierungen möglich: Höllenhunde, die zum Engel konvertierten, gab es mehr als Engel, die zum Höllenhund konvertierten.

Bruno war jetzt wieder auf der Suche.

Wer zur Zeit ist ungebunden,

hat wohl noch nicht das Richtige gefunden,

es ist eine riesige Qual,

immer diese schwierige Partnerwahl.

Da gibt es jemanden, der mir gefällt,

vielleicht ist sie die Richtige auf dieser Welt,

ob sie sich auf dieses Spiel einlässt,

was wäre das für ein Fest.

Die eine oder andere Sache wirkt nicht so perfekt,

so ist es aber nichts, was erschreckt,

gibt es für das Gelingen eine Garantie,

verlassen darauf kann man sich nie.

Brunos Bedenken

Bruno fragte sich, warum er so unverhofft plötzlich aus dem Leben gerissen worden war. Waldi erklärte ihm, wenn es am Schönsten sei, solle man aufhören und er sei für Größeres bestimmt. Bruno habe die Lektionen, welche er von seinen Leben gestellt bekommen hatte, mit Bravour gemeistert. Nun sei es an der Zeit, sich Überirdischem zu widmen, denn die Hüter bräuchten Rat von den Seelen, die die Welten besser kennen und das Gute in Gottes Werk sehen. Um den Hütern unter die Arme zu greifen, bedürfe es eines guten Einfühlvermögens in Wesen (die Hüter), die noch nie lebten. Das unterscheide einen Erzengel von einem Schutzengel. Ein Erzengel könne die Aufgaben eines Schutzengels erledigen, was er auch sollte, um nicht betriebsblind zu werden. Umgekehrt hätte ein Schutzengel nicht die Fähigkeiten eines Erzengels und könnte nicht dessen Aufgaben übernehmen. Nun hinge es von Bruno und Waldi ab, ob ein Weg gefunden würde, sodass die Ewigkeit die Ewigkeit bliebe und nicht alle Universen ins Nichts verschwinden würden.

Nach dieser Erklärung bekam Bruno erst einmal Muffensausen, aber Waldi beruhigt ihn. Er glaube nicht, dass nach einem möglichen Nichts nichts mehr käme. Dann würde Luzifer irgendwann von Langeweile sehr geplagt sein und er würde bettelnd zu Gott kommen, auf dass er neue Universen baue.

Bruno hatte auf einmal ein Déjà-vu. Ihm kam es so vor, als ob er schon einmal gestorben wäre, um den Hütern zu helfen, er hätte aber versagt und die Urknalltheoretiker hatten doch recht, dass alle Universen ins Nichts verschwinden, um dann aus dem Nichts neu geboren zu werden. Waldi redete mit Engelszungen auf Bruno ein, dass bei dem Spiel alles offen und das Ende ungewiss sei. Er sagte: „Wenn dies eine Endlosschleife ist, dann denke an deine

Programmiertätigkeit, wie man eine Endlosschleife beendet, und zwar durch den Abschuss des Tasks."

Nun war Bruno beruhigt und voller Hoffnung und Freude auf die Ewigkeit.

Und Waldi sagte noch: „Bruno, falls du wissen willst, wie du den Stress bewältigen kannst, hier ein Hinweis:

Stress bewältigen, Niederlagen hinnehmen,

Trauer aushalten, Enttäuschungen ertragen,

dafür ist uns eine Kraft gegeben,

aber welche ist das? 1.000 Fragen.

Stress zu bewältigen, geht am besten zu zweit,

Niederlagen hinnehmen, dazu sind wir bereit,

Trauer aushalten, dafür ist die Hoffnung da,

Enttäuschungen hinnehmen, geht nur mit Liebe, das ist wahr."

Waldis Trick mit der Lichtgeschwindigkeit

Nachdem Kanzler Bruno-Herbert gestorben war, wurde eine Staatstrauer von sieben Tagen angeordnet. Neuwahlen mussten schnell anberaumt werden. Luzifer tat alles, um Manfred Glasbauer ins Amt als Kanzler zu heben. Während der Staatstrauer umgarnten die Höllenhunde die Seelen, um Manfred in ein gutes Licht zu rücken. Das bekam Waldi mit und er gab dem Hüter dieses Universums den Rat, sollte Manfred die Wahl gewinnen, dann wäre es angebracht, die Lichtgeschwindigkeit um 20 % zu verringern, da somit der Weg von dieser Erde zur Hölle zwar offen bliebe, aber der Weg aus der Hölle in diese Welt verschlossen wäre. Der Hüter meinte daraufhin, diese Kausalität sei ihm unbekannt, und Waldi erwiderte, diese Gesetzmäßigkeit gelte nur in Paralleluniversen, aber nicht für das Primäruniversum. Der Hüter wurde darüber zu Stillschweigen verpflichtet, da andernfalls die anderen seiner Art wegen der Gesetzmäßigkeiten mit der Lichtgeschwindigkeit vielleicht verunsichert wären. Hüter haben zwar keine Gefühle, dafür können sie aber logisch denken und sie halten immer ihre Versprechen.

Bruno äußerte dazu seine Gedanken: „Was passiert mit den Seelen, die zu Unrecht in der Hölle schmoren?"

„Waldi antwortete: „Es existieren genügend andere Universen, in denen die Seelen eine neue Chance bekommen, sei es auch nur als Eintagsfliege."

Was bedeutet Leben?
Immer nach etwas Besserem streben?
Wann wird alles richtig?
Ist unsere Existenz so nichtig?

Wer seinen Platz hat gefunden,
ist an die eine oder andere Sache gebunden.
Wer mit sich selbst ist im Reinen,
der steht im Leben mit beiden Beinen.

In einer höheren Instanz wird entschieden,
was geschieht mit unseren Lieben.
Soll wirklich alles im Nichts enden?
Oder wird sich alles zum Guten wenden?

Luzifers Großoffensive

Waldi wunderte sich, er konnte zwar auf 600 Millionen Jahre Erzengelerfahrung zurückblicken, ihm fehlte aber das Wissen, was davor war. Gott erklärte ihm, dass beim Übergang von einem Schutzengel zu einem Erzengel das Wissen verlorengehen würde, aber nicht die Charaktereigenschaften und Tugenden, die ein Erzengel benötige. Erzengel könnten gegenüber einem Schutzengel keinen Hass empfinden. Sollten sie dennoch Hass hegen, müssten sie in die Hölle. Das hätte es aber noch nie gegeben. Ob das vor- oder nachteilig sei, das sei einfach in den Raum gestellt. Dies prädestiniere aber die Erzengel, den Hütern Hilfestellung zu leisten.

Luzifer feierte, da Waldi und Bruno im Himmel waren und die Welt von dort aus nur bedingt verbessern konnten. Er ließ Naturkatstrophen über alle Welten hereinbrechen und hob Staatsführer ins Amt, die ihm dienten und Kriege auf breiter Front anzettelten. Wer hätte geahnt, dass nach Brunos Tod eines der größten Desaster in den Universen stattfinden würde? Die Hüter waren mit dieser Situation überfordert und eine Handvoll Universen verloren ihre Hüter und endeten als Nichts. Das Primäruniversum und einige Paralleluniversen blieben davon unberührt, da die Staatsführer, die die Kriegserklärungen unterschrieben, für unzurechnungsfähig erklärt wurden. In den Universen, in denen der 3. Weltkrieg ausbrach starben Billionen von Menschen in den sieben Tagen, in denen Bruno und Waldi im Himmel walteten. Da viele unschuldige Seelen den Tod fanden, war das Himmelreich plötzlich um viele Engel reicher. Mit der Flut der Höllenhunde, die in die Hölle gerufen wurden, war Luzifer leicht überfordert. Er ernannte seine drei treuesten Seelen zu Stellvertretern. Das half ihm aber nicht bei seinem Platzmangel. Das konnten sich Waldi und Bruno denken. Sie empfahlen den Hütern, in deren Universum Krieg herrschte, die Lichtgeschwindigkeit um 20 % zu senken, damit die Hölle überfüllt würde, und baten um Stillschweigen. Zum ersten Mal in seinem Dasein verspürte Luzifer Panik. Er wollte zwar alle Seelen an die Hölle binden, aber so viele auf einem Schlag, das überfordert ihn schon. Also sprach Luzifer mit Gott: Er bräuchte mehr Platz in der Hölle.

Und Gott sprach, wenn er die gefangenen Hüter freilassen würde, dann bekäme Luzifer mehr Platz. Dieses Angebot schlug Luzifer aber aus. Er ließ sich nicht dieses Ass aus dem Ärmel ziehen.

Während dessen hatte Pfiffi-Gerd seit dem Tod seines Vaters Bruno-Stefan neue gute Vorsätze, an denen er festhalten wird.

Anschleichend kommt das Verlangen,
ausweichend sage ich Nein,
anhaltend ist das Bangen,
ausgleichend nicht zu sagen Nein.

Durchhalten, das macht mich stark,
abschalten, ich bleib bei Nein,
gewaltig ich der Sucht noch nicht erlag,
zwiespältig die Gedanken beim Nein.

Schwächer wird das Verlangen,
Verfechter bleibe ich des Neins,
bereue nun die Sünden, die wurden begangen,
Erfreuen, es ist so einfach zu sagen Nein.

Der Frühling des Friedens

Nachdem es im Himmel viel Trubel gab durch die vielen neuen Seelen, fragte sich Bruno, wie viele Seelen es überhaupt gibt. Waldi antwortete, diese Zahl kenne allein Gott. „Ich vermute, es sind so viele, dass man sie nicht zählen kann. Mich erstaunt aber, dass noch keine Seele ausgelöscht wurde. Und es kommen in jeder Sekunde 1.000 neue Seelen hinzu. Im Himmel gibt es auch keinen Platzmangel, da dessen Weiten unendlich sind. Davon weiß aber Luzifer nichts. Sein jetziges Problem mit dem Platzmangel wird noch so manche unverhoffte Situation hervorbringen. Zurzeit ist es in der Hölle so, als würde man zwei Milliarden Menschen auf Helgoland platzieren."

Luzifer verhandelte weiter mit Gott. Wofür würde Gott ihm mehr Platz zur Verfügung stellen, am besten doppelt so viel? Gott sprach, beende sofort die irrsingen Kriege, lasse die Hüter frei und gewähre den gutmütigen Seelen, die ungerechterweise in der Hölle schmoren, ein neues Leben. Luzifer antwortete, das seien drei Bedingungen auf einmal, der Preis wäre ihm zu hoch. Ihm schwebe eine Bedingung vor. Gott erwiderte, sein Minimum liege bei zwei. Daraufhin meinte Luzifer, dass er aber die zwei Bedingungen auswählen wolle. So wählte er das Ende der Kriege und die Gewährung neuer Leben für die gutmütigen Seelen aus der Hölle, da er fanatisch nach den Hütern hinterher war. Im Gegenzug wurde die Lichtgeschwindigkeit in allen Universen normalisiert, außer in Bruno-Herberts Universum. Dort blieb sie unverändert 10 % höher.

Luzifer freute sich kurzzeitig über den Platzgewinn. Nachdem die gutmütigen Seelen einen Babyboom in der Tierwelt ausgelöst hatten, fehlten in der Hölle die Seelen, damit diese heiß blieb, der Raumüberfluss tat sein Übriges. Luzifer fror. In diesem Frühling wurden so viele Bienen gezeugt, dass unzählige Bienenstämme nach China exportiert werden konnten. Dort waren sie durch zu viele Pestizide fast ausgestorben. Ebenfalls erlebten die Delfine und andere gutmütige Tierarten einen Babyboom. Selten war ein Frühling so romantisch.

Braun sich der Feldweg bis zum Horizont zieht,
der Hafer sprießt so herrlich grün am Rand,
ein Kohlweißling sich schnell unseren Blicken entzieht,
der Himmel füllt die Landschaft mit einem hellblauen Band.

Das holde Landleben beflügelt,
raus aus dem Getümmel in der Stadt,
kein Hemd glattgebügelt,
ein Käfer frisst sich satt an einem Blatt.

Die Energie, die der Alltag raubt,
Mutter Natur uns ganz einfach wieder schenkt,
aber nur dem der da glaubt,
hier ist die Freiheit, nach der sich jeder verrenkt.

Wir haben einen Schatz gefunden,
den tragen wir in unserem Herzen.
Die Sorglosigkeit hat uns kurz gebunden,
Romantik pur, ohne Wein und Kerzen.

Das Umdenken

Der Blitzweltkrieg in vielen Universen brachten die Menschen zum Umdenken. Es mussten alle zusammen an einem Strang ziehen, um derartige Ereignisse zu verhindern. Es wurde auf vielen Planeten ein Grundgesetz für die ganze Welt erlassen. Jeder hatte mit seinem Handeln zum Wohle der Menschheit und dem Weltfrieden Tribut zu leisten. Dadurch stand jeder erwachsene Mensch in der Pflicht zu arbeiten, sofern er gesundheitlich dazu in der Lage war. Die Kranken und Rentner erhielten eine besondere Fürsorge, da diese meist ohne eigenes Verschulden gehandicapt waren, beziehungsweise ihren Beitrag für die Gesellschaft geleistet hatten. Schmarotzern wurden nur die allernötigsten Mittel zur Verfügung gestellt, diese lebten somit in Armut. Jeder, der arbeitete, musste ein Einkommen erzielen, sodass er ein Leben führen konnte, welches ermöglichte, mit dem Fortschritt der Technik mitzuhalten. Zudem müsste ihnen Zeit und Geld für die Erholung (Urlaube) gewährt werden. In diesen Welten entwickelte sich eine neue Form der Politik, die kommunistischsoziale Marktwirtschaft. Es wurden keine Parteien gewählt. Alle Länder der Welt fusionierten zu einem Weltstaat. Entscheidungen und Gesetze wurden nur über Volksentscheide etabliert. Da bei vielen Welten die Bevölkerungszahl durch den Blitzweltkrieg halbiert worden war, war für alle Menschen genügend Arbeit vorhanden. Am meisten profitierten die Entwicklungsländer von diesem Krieg, da diese nun eine reelle Chance bekamen.

Erst wenn Bomben fallen,
große Worte im Raum verhallen,
tritt die Vernunft ein,
könnte es nicht anders sein?

Wann werden die Menschen verstehen?
Der Planet kann sich nicht immer so drehen.
Was haben wir dieser Welt noch zu geben,
wenn wir nicht mehr leben?

Der eine oder andere pocht auf sein Erbe,
was, wenn ich nichts hinterlasse und sterbe?
Außer Hoffnung und Gerechtigkeitssinn,
vielleicht ist das der Schlüssel
für einen guten Neubeginn.

Die Abrechnung

Der Teufel ärgerte sich außerordentlich. Mit dieser Raffinesse des Himmels hatte er nicht gerechnet. Zudem kam es bei seinen drei Stellvertretern zu Machtkämpfen, jeder wollte der gemeinste Teufel sein. Da sich momentan in der Hölle nur Seelen befanden, die es verdient hatten, in der Hölle zu schmoren, wurden dort die fiesesten Foltermethoden erfunden. Die Hölle war zwar größer geworden, aber Luzifer hatte nur noch eines im Sinn: Rache.

Währenddessen genossen Bruno und Waldi den angenehmen Teil des Engeldaseins. Sie feierten Feste mit den beliebtesten Engeln, tanzten, spielten und wurden von weiblichen Engeln verführt. Sie waren ganz fern von Sorgen und Ängsten. Sie verliebten sich täglich neu und jede Liebe fühlte sich so an, als wäre es die einzige Richtige. Mit ihren vollkommenen Körpern erreichten sie einen Grad der Perfektion, der für Menschen undenkbar war.

Die Primärwelt blieb von dem Dritte-Welt-Blitzkrieg verschont. Aus einem für die Menschen unerklärlichen Grund erfuhren viele psychisch kranke Menschen eine plötzliche Genesung. Dieses Phänomen konnte sich die Medizin nicht erklären.

Wer wird am Ende gewinnen?
Die Teufel fangen an zu spinnen,
sehen die Hölle in Gefahr,
obwohl sie nie größer war.

Es bleibt das Spiel,
welches Luzifer früher besser gefiel.
Warum ist Gott nur so schlau,
steckt dahinter etwa eine Frau?

Das übersteigt Luzifers Vorstellungskraft,
er schmort erst einmal in seinem eigenen Saft.
Vielleicht wird er morgen gewinnen,
sollten die Engel anfangen zu spinnen.

Die biologische Zeitbombe

In der Primärwelt hielten sich Gut und Böse noch die Waage. Luzifer hatte nicht mehr Wissen als die Menschen. Da die Forschung im Bereich der Biologie in einer anderen Parallelwelt recht fortschrittlich war und eine seiner treuesten Seelen namens Rubos an der Entwicklung von gefährlichen Vieren weltführend agierte, ließ er mit einem Tierversuch einen dieser Vieren in die freie Natur entkommen. Gegen diesen Virus gab es ein Gegenmittel, das aber Rubos für sich behielt. Innerhalb von drei Tagen hatte sich das Virus weltweit verbreitet. Seine Wirkung bestand darin, dass er das zentrale Nervensystem von Mensch und Tier innerhalb eines Jahres blockiert. Innerhalb eines Jahres würden nach Rubos' Berechnungen alle Menschen und Tiere verrückt sein. Zum Glück bekamen derart böswillige Seelen kein Leben auf der Primärwelt.
Er wusste jedoch nicht, dass der Virus keinen irreversiblen Schaden anrichtete, es wurde lediglich mehr Dopamin vom Körper produziert. Als Luzifer Rubos Gedanken las, erfüllte ihn Schadenfreude. Luzifer war sich sicher, dieser Mann würde nun in der Hölle gebraucht. Und bevor Rubos die Formel für das Gegenmittel weiterreichte, ließ Luzifer im Labor, als Rubos dort arbeitete, einen Gasbehälter explodieren. Rubos starb.

In der Hölle musste er sich erst einmal an die neue Geschwindigkeit gewöhnen: Während in der Welt 1.000 Tage verstrichen, erlebte die Hölle nur einen Tag. Dementsprechend schnell vergaßen die gefangenen Seelen, was sie getan hatten. Im Kern hatte jede Seele ein liebesbedürftiges Inneres, aber die Geister, die in der Hölle schmorten und diese priesen, hatten vergessen, wie sich Liebe anfühlt. Manche neu erschaffenen Wesen machten beim ersten Leben die Erfahrung, dass sie durch Boshaftigkeit im Vorteil waren. Da das erste Leben nie in der Primärwelt stattfindet, hatten diese Seelen keine Chance in die Primärwelt und in den Himmel zu gelangen. Momentan zumindest nicht. Niemand kannte des Schöpfers Plan – wir handeln und Gott lacht.

Luzifer dachte, mit Rubos könne er den Virus in die Primärwelt schleusen. Doch er hatte nicht bedacht, wie schnell in der Hölle die Seelen vergessen und so war Rubos keine wirkliche Hilfe. Ein wesentlicher Unterschied zwischen Himmel und Hölle bestand darin, dass man in der Hölle allein blieb.

Gestern der Spott der Klasse,
eine Schande für unsere Rasse.
Dachte dabei, euch werde ich es zeigen,
heute sich viele demütig verneigen.

Das Leben hält so manche Überraschung bereit,
leichter ist es zu zweit,
gemeinsam das Schicksal zu gestalten,
sehen, wie den anderen wachsen die Sorgenfalten.

Nur wer Wohlstand erreicht durch Fleiß,
kennt noch den wahren Preis
für das, was wirklich wichtig ist.
Es wird rosig, denkt der Optimist.

Auf einer Leiter geht es hoch und runter,
wer bei dem Auf und Ab bleibt immer munter,
hat Frieden im Herzen,
weiß, Liebe kann auch schmerzen.

So habe ich es den Peinigern nicht recht getan,
ging den geraden Weg voller Elan,
wusste genau, mein Glück werde ich finden,
wir werden uns für immer binden.

Im 5. Element

Bruno und Waldi lernten eines Tages die weiblichen Erzengel Sigrid und Moni kennen. Es war die wahre Liebe auf den ersten Blick und keine Eintagsfliege. Da Bruno erst 3.000 Himmelstage im Himmel verweilte, blieben den beiden Paaren noch 4.000 Himmelstage, bevor Waldi als Mensch neu in die Primärwelt geboren würde. Sigrid kehrte ebenfalls zu diesem Termin auf die Welt zurück. Beflügelt von dieser himmlischen Liebe kehrte in vielen Welten die Liebe ein, da die Hüter von den beiden Paaren instruiert wurden, die meiste Kraft in das 5. Element zu stecken. Das führte auch im Primäruniversum zum Umdenken. Die Presse berichtete plötzlich hauptsächlich von positiven Ereignissen, die Reichen halfen den Ärmsten durch großzügige Spenden, da die Kirche mehr Nächstenliebe predigte. Selbst einige Choleriker wurden im Denken neutral.

So viel Liebe ertrug der Satan aber nicht. Angewidert ließ er viele Schläfer bei den Terroristen erwachen. Durch die Geheimdienste wurden diese aber rechtzeitig entlarvt. Was dem Teufel fehlte, war Einfallsreichtum. Daher war sein Handeln vorhersehbar. Er konnte nichts anderes als Terror hervorrufen und unschuldige Menschen frühzeitig in den Tod reißen. Auf die Idee, im Einklang mit Gott zu handeln, würde er nie kommen, weil er dann die Seelen freigeben müsste, die zu Unrecht in der Hölle gefangen waren. Durch die Leerung der Hölle hatten die gutmütigen Seelen, die durch unglückliche Umstände in der Hölle gelandet waren, unbeschreibliche Qualen zu erleiden. Beispielsweise landete die Seele einer verzweifelten Mutter in der Hölle, weil sie, völlig überarbeitet, ihr Baby im Zorn vom Wickeltisch warf, sodass dieses querschnittsgelähmt war. Später stellte diese Mutter es als Unfall dar. Sie würde aber noch ihre zweite Chance bekommen.

Es macht mich verrückt,
ich bin verzückt,
wie sie mich beglückt.

Sie kann mich immer wieder überraschen,
kommt mit neuen Maschen,
hier zähle ich nicht mehr zu den Flaschen.

Was war ich vorher ohne sie,
glaubte an die große Liebe nie,
war ein Kind ohne schönster Euphorie.

Nun bin ich wirklich zu beneiden,
muss kein hohes Amt bekleiden,
woran sich andere einsam weiden.

Ein unwiderstehliches Angebot

Bruno und Moni bekamen von Gott das Angebot des ewigen Himmels, da sich die beiden füreinander bestimmten Seelen gefunden hatten. Sie hatten zu Lebzeiten eine einzige Nacht in der Primärwelt gehabt. Die romantische Stimmung in dieser Nacht passte zu ihren Gefühlen im Himmel. Da sie sich in der Nacht innig geliebte hatten, ohne es auf die Spitze zu treiben, waren Herz und Seele im Himmelreich ohne negative Eigenschaften. Die Entbehrung ihrer Liebe zu Lebzeiten in der Primärwelt und ihre Harmonie in den Paralleluniversen führten zu dem Angebot Gottes.

Bruno und Moni waren außer sich vor Freude. Bruno fragte Waldi: „Wann willst du in das ewige Himmelreich eintreten?"

Und Waldi antwortete: „Bevor ich nicht das Leben jeder guten Spezies durchlebt habe, werde ich immer wieder auf die Erde zurückkehren."

„Sag mir, Waldi, welches Leben gefiel dir bisher am besten?", fragte Bruno nun.

„Das als Brontosaurus, dem größten friedliebenden Tier der Erde", antwortete Waldi spontan. „Auch wenn das Gehirn etwas klein war, so hatte dieses Wesen doch das größte Herz. Die Frage ist einfach immer nur: Was nehmen wir von unseren Reisen mit?"

Das Leben auf dieser Welt ist nur von kurzer Dauer,

wenn es auch nicht immer gefällt,

es besteht nicht nur aus Trauer.

Welchen Sinn haben die Höhen und Tiefen?

Erfüllen sich auch nicht immer gleich die Wünsche,

nach denen wir riefen,

mehr war eben nicht drin,

nach einer Pleite folgt immer ein Neubeginn.

Die Versuchung liegt immer auf der Lauer,

wer ihr widersteht und siegt

erlebt einen schönen warmen Schauer.

Manche meinen vergebens, es sei zum eigenen Vorteil,

wenn du dich verstellst, doch

der Sinn des Lebens bleibt die Lektion über dich selbst.

Pfiffis Zukunft

Pfiffi-Gerd trauerte in der Primärwelt Bruno-Stefan nach. Hatte er in seiner Kindheit auch wenig Zeit mit seinem Vater verbracht, da seine Mutter alles getan hatte, um ein inniges Verhältnis zu ihm zu unterbinden. Trotzdem hatte Pfiffi-Gerd seinen Vater sehr geliebt. Es würde einige Zeit dauern, bis sie sich im Himmel wiedersehen würden. Echte Liebe gibt es vorrangig in Eltern-Kind-Beziehungen. Ihre perfekte Welt würden sie im Himmelreich finden, da sie als gutmütige Seelen wahre Liebe geben können und sich selbst immer treu blieben.

Pfiffi-Gerd war gegenüber Bruno-Stefan abgeklärt und ließ sich nichts gefallen. Bruno hingegen blieb die Ruhe in Person. Beide hatten ein inneres Gleichgewicht, sodass sie ihrer Sache immer treu sein würden. Der Trennungsschmerz war für Pfiffi-Gerd zwar groß, aber er merkte, dass Bruno ihm auch von dort oben helfen konnte.

Luzifers Höllenhunde hatten nun ein neues Ziel: Pfiffi-Gerd. Er erlitt aber nicht das Schicksal von Bruno-Stefan. In seinen Genen war keine psychische Krankheit angelegt, allerdings Krebskrankheiten. Da Krebs zu seinen Lebenszeiten auf der primären Erde heilbar werden würde, stand ihm dennoch im Leben alles offen. Kein anderer würde jedoch von Trickbetrügern so oft belagert werden wie Pfiffi-Gerd. Dabei lernte er, wie er die Höllenhunde mit den eigenen Waffen schlägt, und das auch noch legal. Der größte Verlust, den ein Höllenhund erleiden konnte, war der Verlust seines Geldes. Pfiffi-Gerd wurde Kriminalinspektor. Dazu entschied er sich bei der Beerdigung von Bruno. Er wollte im Untergrund in der Drogenzone arbeiten und die ganz großen Dealer überführen. Ganz ungefährlich würde das nicht, aber Bruno beschützte sein Leben. Pfiffi-Gerd sollte außerdem, das größte Glück widerfahren, welches einem Menschen geschenkt werden kann.

Bruno hingegen genoss seine unbeschwerte Zeit im Himmel mit all seinen Lieben, die voran gegangenen waren, wie beispielsweise sein Vater.

Was mit einem Herzschlag beginnt,
wie schnell die Zeit verrinnt,
gestern war ich noch Kind.

Jetzt blicke ich in Kinderaugen,
kann es kaum glauben,
früher selbst an der Brust gelegen zu saugen.

Beobachten, wie ein Kind die Welt versteht,
sich mit der Zeit immer mehr wie ein Mensch bewegt
und nach eigenem Willen sich regt.

Auf einmal wird so etwas Kleines ganz groß,
Es ist famos,
wahres Glück passt in meinen Schoß.

Jetzt weiß ich in meinem Leben,
wonach es sich für mich lohnt zu streben,
Familie bleibt das Schönste eben.

Der vielversprechende Weltstaat

In einem Paralleluniversum, in dem der Dritte-Welt-Blitzkrieg die Hälfte der Bevölkerung in den Tod riss, kam es kurz danach zu einer Konferenz, in der ein Weltstaat ausgerufen wurde. Einzigartig für diese Welt war, dass jedem Menschen ein Grundeinkommen zugesichert wurde, von dem es sich gut leben ließ. Wer mehr wollte, sollte durch Arbeit sein Einkommen verbessern. Arbeitsämter existierten in dieser Welt nicht mehr. Es wurde darauf geachtet, dass die Güter den kürzesten Weg zum Endverbraucher fanden. Der Staat kontrollierte seine Bürger. Revolten und Terroranschläge wurden im Keim erstickt. Ökologische Kreisläufe wurden bei der Produktion von Gütern unterstützt. Der Kapitalismus wurde abgeschafft. Den Reichtum der Oberschicht teilte die Regierung auf. Es existierte eine breite Mittelschicht, die reichsten Menschen gehörten zu der oberen Mittelschicht. Mit Arbeit kam man in die untere Mittelschicht. Die Pfiffigen schafften es in die obere Mittelschicht und die Fleißigen in die mittlere Mittelschicht. Die Betriebe wurden verstaatlicht und waren alle Non-Profitunternehmen. Nur wer keine Lust auf Arbeit hatte, endet in der Unterschicht, welche aber auch ein gutes Grundeinkommen erhielt.

Die Zeit würde entweder für oder gegen diese Staatsform ticken. Der Nachteil dieses Systems bestand darin, dass der Weg nach unten keine richtige Gefahr barg. Der Satan hatte es allerdings in dieser neuen Welt schwer, Anhänger zu finden. Aber Dummheit schützte auch hier nicht vor Strafe. So wurden Schwerkriminelle in dieser Welt auf eine abgeschirmte Insel verbannt, die völlig autark wirtschaftete. War das eine gerechte Welt? Ein Schicksal haben alle Menschen, egal, auf welcher Welt sie leben.

Besonders schnell die Zeit vergeht,

lebenslang das Leid besteht,

ein jeden Tag zu altern.

Ich mag nicht ganz so werden wie meine Eltern,

beinahe hätte ich meine Jugend verschwendet,

ein Schicksalswink meine Tugend vollendet.

Jemand gab mir einen Rat,

um Seelenfrieden zu finden,

nutze jeden Tag,

genieße dein Talent, das Glück an dich zu binden.

Brunos Freude

In seiner freien Zeit im Himmel beobachtete Bruno Pfiffi, der noch lebte. Er freut sich, dass sein Sohn in keinem Universum psychisch krank war und seinem Verhalten nach auch ein Erzengel werden würde. Lissy hingegen würde zwar in den Himmel aufsteigen, allerdings nur als Schutzengel. Gott verriet Bruno, Pfiffi-Gerd werde mit seiner besseren Hälfte in der Primärwelt nicht nur eine Nacht verbringen, sondern eine Ehe bis zum Tode. Im Gegensatz zu Bruno würde Pfiffi nur eine bessere Hälfte haben. Das würde im Himmel

Vor- und Nachteile haben. Der Vorteil bestand darin, dass, wenn zwei Seelen sich einigen sollen, die Einigung schneller gehen würde, ohne Diskussionen. Der Nachteil bestand darin, dass mehr Seelen mehr Gedanken bedeuten und damit einen größeren Geisteshorizont.

Bruno hatte ein großes Herz, das für mehrere Seelen gleichzeitig schlagen konnte. Pfiffi hingegen trug seine bessere Hälfte so auf Händen, dass er Erfolg hatte bei allem, was er begann.

Bruno zeichnete eine innere Harmonie aus, aus der kaum negative Energie hervorging, außer Selbstverleugnung. Lissy hingegen zog negative Energien magisch an, da sie zur Pessimistin erzogen worden war. Pfiffi hatte die innere Harmonie von Bruno geerbt und er kannte seine bessere Hälfte. Lissys religiöse Familie stufte Intelligenz wichtiger ein als Liebe. Dabei war die Liebe Gott näher als Intelligenz und Religion. Gottes wahre Religion verlangt kein Geld, sondern die Liebe der Menschen.

Angekommen auf der Sonnenseite des Lebens,
versucht der Stress es vergebens,
die Hochgefühle zu unterdrücken,
Harmonie erleben ohne Tücken.

Um es ins rechte Licht zu rücken,
Verantwortung baut neue Brücken.
Wo vorher stand eine Mauer,
sitzt jetzt Eifer auf der Lauer.
Eins und eins ist mindestens drei,
die Summe macht Gefühle frei.
Stolz und Liebe sind hautsächlich dabei,
danke, das wir das erleben dürfen, wir zwei.

Die bessere Welt

Auf einem fernen Planeten im Primäruniversum lebten die Bubleraner, eine Spezies, die Gott besonders mochte. Diese Gattung lebte in Frieden und sie war sehr religiös. Die Kirche nahm von ihren Anhängern kein Geld und die Prediger arbeiteten ehrenamtlich. Ein hohes Ansehen der Prediger ließ diese ihre Stellung in der Gesellschaft genießen. Religionsgegner waren in der Minderheit. Eine unbeschreibliche Liebe herrschte zwischen den Bubleranern. Ihre Technik war so weit entwickelt, dass sie andere Welten im Universum beobachten konnten, aber sie besaßen keine Raumschiffe, um große Entferungen zu überbrücken.

Sie hatten Kenntnis von der Erde, sie verstanden aber nicht die Religionskriege der Erde. Im Mittelalter gaben sie der Menschheit wenig Überlebenschancen, da die Rolle der Religion maßlos ausgenutzt wurde. Auch jetzt verstanden sie nicht, dass die Religionen machtbessen und geldgierig waren. Im 24. Jahrhundert würde die Menscheit auch soweit sein, dass sie die Bubleraner beobachten könnten.

Waldi lernte im Himmel Locke kennen. Locke war ein Erzengel der Bubleraner. Sie tauschten sich freudig über ihre Lebenserfahrungen aus. Locke erklärte Waldi: „Deine Spezies bleibt im Herzen himmelswürdig, nur der Geist ist bei manchen von Satan besessen." In der Welt der Bubleranern gab es nur friedliebende Wesen. Da der Teufel keine Macht über diese Welt hatte, kannte Locke nicht die Kniffe, wie der Teufel überlistet werden kann. Waldi erklärte Locke, wie der Teufel zu bändigen sei, sollte er bei den Bubleranern einen Fuß in die Tür bekommen.

Locke stellte sich auch die Frage, wie sich Aggression anfühlen, da er derartige Emotionen nie kennengelernt hatte.

Waldi fragte: „Locke, hattest du jemals ein Ziel vor Augen, welches du nicht erreichen konntest?" Er anwortet mit Ja. Waldi fuhr fort: „Nun, Aggression fühlt sich wie Enttäuschung an. Der Unterschied ist,

Enttäuschung wird von positiver Energie geleitet, Aggression von negativer. Sei froh, dass du mit negativer Energie noch nicht in Berührung gekommen bist. Wenn es der Wille des Herren sei, so wird die Stärke eurer Spezies Vorbild für andere sein, lieber Locke."

Die Welt der Guten,
lässt vermuten,
wer reich ist, der liebt,
egal, was ihn umgibt.

Eine bessere Welt,
die uns allen gefällt,
danach lasst uns streben,
dann bekommen wir Gottes Segen.

Eine besondere Spezies

Einige Schutzengel, die in den Himmel kamen, verstanden nicht, warum sie hier aufgenommen wurden, obwohl sie unfair, egozentrisch, verlogen und unaufrichtig gelebt hatten. Die Anwort war ganz einfach: In einem parallelen Universum waren sie aufrichtig, ehrlich und rechtschaffen gewesen.

Die Seelen, die in der Hölle landeten, waren nicht für immer an die Hölle gebunden. Ein jeder bekam so viele Chance, bis er sein persönliches Existenzziel erreicht hatte. Manche kannten ihr Ziel nicht und irrten vergebens durch viele Leben. Sie waren Luzifers Opfer. Jede Seele hatte das Recht, mindestens einmal durch die Himmelspforte zu schreiten, die wenigsten wurden für immer in Gottes Reich berufen.

Viele dachten, die Bubleraner würden am ehesten ins ewige Himmelreich berufen. Aber das stimmte nicht, da Bubleraner abgesehen vom Tod kein richtiges Leid kannten. Ihr Äußeres wirkte sehr nobel. Sie hatten einen Pferdeleib mit einem sehr langen Hals. An diesem Hals befanden sich vier Menschenarme. Zudem hingen am Leib vier Schwanenflügel in Übergröße. Sie hatten einen sehr leichten Knochenbau, der ihnen das Fliegen ermöglichte. Ihr Kopf mit einem schönen Menschengesicht beschützte ein hoch entwickeltes Gehirn, das evolutionär dem modernen Menschengehirn zehntausend Jahre voraus war. Diese einzigartige Spezies zeigte, dass es auch ohne Gewalt geht. In ihrer Welt gab es keine Gefängnisse, stattdessen unzählige Heilungsstätten. Sie konnten jede Krankheit heilen, nur Altersschwäche nicht. Sie konnten bis zu 500 Jahre alt werden. Im Schnitt wurden sie 420 Jahre alt. Genau wie wir Menschen verehrte diese Spezies ihre Mütter.

Eine starke Frau gab mir mein Leben,

Mama, ich verdanke dir sehr viel,

du lehrtest mich das Geben

sowie das Handeln mit Gefühl.

Heute ist dein Ehrentag,

an dem ich dir gerne Danke sag.

Schiebe heut weg alle Sorgen

und denke positiv an morgen.

Die Welt der Bubleraner

In der Welt der Bubleraner lebten mehrere intelligente Gattungen nebeneinander. So gab es zudem Zwerge, Einhornesel und Palappen, die eine gemeinsame Sprache sprachen. Palappen waren Wesen mit einem Schlangenkörper, acht Flügeln, zwei Armen mit Händen und einem Gesicht wie ein Schimpanse. Spektakulär waren die Technik und die Maschinen in dieser Welt. Es gab Fahrzeuge mit hitzeresistenter Oberfläche, die keine Energie durchließen. Im Inneren war ein Versorgungskreislauf installiert, der unabhängig von seiner Umwelt agierte. Damit stießen sie bis zum inneren Erdkern durch. Mit dieser Technik überlebten sie mühelos jede Eiszeit. Die Fahrzeuge waren technisch soweit fortgeschritten, dass Autos überflüssig waren. Es existierten Amphibienfahrzeuge, die fliegen, fahren, schwimmen und tauchen konnten. Ihre Motoren schafften mit 500 Kubikzentimetern 500 PS und hatten eine Zugkraft, die eine Beschleunigung von fünf Sekunden auf 500 Km/h erlaubte und dabei verbrauchten sie nur 500 Milliliter Kraftstoff pro 100 Kilometer. Das Gewicht der Fahrzeuge lag zwischen 50 und 120 Kilogramm. Bei einer Kollision wurde die Aufprallenergie in elektrische Energie umgewandelt, sodass die Insassen den Aufprall überhaupt nicht spürten. Diese Maschinen waren nicht verformbar. Unterschiede existierten lediglich bei der Bedienung. Für jede intelligente Gattung existierten angepasste Bedienungen. Da die Gattungen keine

Geheimnisse voreinander hatten, weil sie immer friedlich nebeneinander her gelebt hatten, war diese Technik so ausgereift.

Technisch auf dem neuesten Stand,
investiert haben allerhand,
voller Stolz auber Rand und Band.
Viele auf diesen Zug springen,
denken, es gebe kein Entrinnen,
sollten aber nachzudenken beginnen.

Was brauche ich wirklich im Leben?
Unsere Kultur hat uns so viel zu geben,
wonach sollen wir wirklich streben?
Manche erkennen darin einen Sinn,
anderen etwas zu geben, und das ist der Beginn,
zu begreifen, wer ich in der Welt bin.

Nämlich einer von vielen,
unser Handeln sollte darauf abzielen,
nicht neidisch auf andere zu schielen.
Es ist so einfach zu geben,
wir müssen nicht immer etwas in den Geldbeutel legen.
Ein ehrliches Lächeln ist für manche ein Segen

Die Löschung des Nichts

Waldi wunderte sich, warum er seine Flügel erst im Himmel bekommen hatte, während Locke diese bereits zu Lebzeiten besessen hatte. Da Locke und alle anderen Bubleraner ein Leben in Harmonie und Einklang mit ihrer Umwelt gelebt hatten, war dieser evolutionäre Schritt möglich. Bei kriegerischen Auseinandersetzungen überlebt selten die beste Gattung, eher die skrupelloste. Nachdem Locke von den Gemeinheiten Satans erfuhr, welche an die Grenze seiner Vorstellungskraft gingen, hatte er eine grandiose Idee. Das Universum, welches die anderen Universen verschlingt und aus denen Nichts werden lässt, dessen Hüter müsse des Amtes enthoben werden und dieses Universum müsse aufgelöst werden. Waldi rief daraufhin ein Gremium mit allen amtierenden Hütern der Universen zur Auflösung des Universums des Nichts ins Leben. Einstimmig wurde die Abschaffung des Universums des Nichts beschlossen und der Hüter des Universums des Nichts wurde ins göttliche Gewahrsam des Himmels gesteckt. Einige fragten sich, wie das funktionieren sollte: Wenn man nichts auflöst, dann blieb doch nichts. In diesem Fall blieb minus eins, also ein Universum weniger. Somit behielt auch Waldi recht mit der Aussage, dass ein Task abgeschossen werden muss, um die Endlosschleife zu beenden.

Damit meinte er die Gedanken, als ob sich die Universen unendlich ausdehnen und zusammenziehen und einige das Gefühl hatten, sie hätten bestimmte Situationen schon mehrmals erlebt. Mit der Abschaffung des Universums des Nichts verliert das Diesseits und das Jenseits seine Endlichkeit und es entsteht wahre Unendlichkeit. Diese Aktivität wurde vom Himmel aber geheim gehalten. Luzifer ahnte nichts davon.

Eine winzige Kleinigkeit
führt zur ewigen Ewigkeit.
Mögliche Unsterblichkeit,
zum Greifen nah,
der Gedanke wunderbar,
nur wird dann der Platz recht rar.

Welche Generation will schon darauf verzichten,
einen Kindersegen, mitnichten.
Das kann niemand richten.
denn der Verlauf der Natur,
kennt nur eine Spur,
ist es auch der Tod nur.

Der feine Unterschied

Die Hölle verlor ihren Schrecken, da Luzifers größtes Ziel nun für ihn nicht mehr erreichbar war. Zwar füllte sich die Hölle langsam wieder, aber diesmal nicht so wie vorher, sodass auch unschuldige Seelen, die einen Fehler in irgendeinem Leben begangen hatten die Wahl hatten zwischen Himmel und Hölle. Ansonsten blieb die Hölle, wie sie war: dreckig, verrucht und mit einem ständigen Trieb, der nie befriedigt wurde. Dabei drehte sich die Hölle um drei Dinge: Sex, Drugs und Rock'n'Roll, nur ohne echte Höhepunkte und dem ständigen Verlangen nach mehr. Satans Foltermethoden dienten der tiefsten Erniedrigung. Schwule waren seine Lieblingsopfer. Sie wurden mit einem kleinen Feuerlöscher gefistet, der beim Akt das brennen im Dickdarm löschen sollte. So hatten die Schwulen von der Hölle schnell den Arsch voll. Im Himmel hingegen spielte die

Sexualität keine Rolle. Alle wurden gleichwertig behandelt. Die Drogenabhängigen erlebten im Himmel das ständige Hoch ohne Absturz und ohne Verlangen nach mehr. In der Hölle waren diese Gefühle ständige Begleiter der gefangenen Seelen.
Es war gerade Osterzeit.

Im Himmel stehen zur Osterzeit
die Ahnen voller Spannung bereit,
das bunte Treiben zu verfolgen –
unsere Nachkommen sind einfach golden.

In fröhlicher Runde wird lamentiert,
mein Urururenkel entfacht das größte
Osterfeuer und hat Feuerwehrmann nicht studiert,
der kann das einfach so,
das hält nachts schön warm und es sind alle froh.

Außerdem kennt er die besten Verstecke,
zwischen Haus und Gartenhecke,
die sind einfach wunderbar,
alles wird gefunden,
vielleicht auch erst im nächsten Jahr.

Seine Frau, steht's ums leibliche Wohl bemüht,
das Feuer bewacht, bis es nicht mehr glüht,
achtet auf ein harmonisches Familienleben,
ist der gute Geist des Hauses eben.

Da würden viele vor Neid erblassen,
wie viel Glück wir unseren Nachkommen erlassen.
Das haben sie sich verdient, sie sollten nur erkennen,
wenn sie zu uns kommen,
stehen sie ganz hoch im Rennen.

Geisteseigentum

Pfiffi-Gerd im Primäruniversum hatte die geniale Idee, wie man in einem Wasserkraftwerk zusätzlich die Fallenergie durch die Gravitation eines Wasserfalls nutzen kann. Es wunderte ihn, dass er ein paar Tage nach Bruno-Stefans Tod derartige Geistesblitze hatte. Steckte eine höhere Macht dahinter?

Mit seinem neuen Wissen ging er zu einem Energiekonzern, wurde aber abgewiesen. Sein Konzept sei zu kostenaufwendig. Dabei fand seine Idee großen Anklang und der Konzern meldete das optimierte Konzept zum Patent an. Dadurch ging Pfiffi-Gerd mit seiner Idee leer aus.

Pfiffi-Gerd wusste nicht, dass er mit seiner Idee zu den Höllenhunden gegangen war. Leider konnte er nicht beweisen, wer der wahre Erfinder dieses Patentes war und von der Patentierung sollte er nie etwas erfahren. So war das in der Primärwelt, der Kapitalist nutzte das Geisteseigentum anderer.

In Bruno-Herberts Universum träumte Pfiffi-Daniel von seinem Schicksal im Primäruniversum. Anschließend wollte er sich politisch dafür einsetzen, dass 10 % des Profites aus Geisteseigentum an den Erfinder gezahlt werden müssen. Diese Klausel konnte kein Arbeitsvertrag außer Kraft setzen.

Das Kapital macht des Erfinders Konto kahl,
der Held besteht nicht auf sein Geld,
so gibt der Klügere nach,
ist es auch eine Schmach,
vom Pöbel nicht beneidet,
er an zu wenig Anerkennung leidet.

Dabei macht es ihn stark,
er nicht der Versuchung erlag,
Gleiches mit Gleichem zu vergelten und es zu wagen,
wichtige Geheimnisse mit ins Grab zu tragen.
So nur Engel handeln,
die durch die Welten wandeln.

Sportlergeist

Durch die Erfindung der Arbeitsteilung bei den Jägern und Sammlern wurde es möglich, sich zu spezialisieren. Während sich die Jäger jeden Abend mit der Bärenjagd beschäftigten, sammelten die Sammler Früchte, Pilze und Kräuter. Nicht selten führte dieses Verhalten zur Vervielfältigung seiner selbst. Luzifer versuchte vergebens, diesen Prozess in der Hölle zu etablieren, aber bei der Jagd hing leider immer der Speer durch. Auf der Erde gab es dagegen blaue Pillen. Diese wirkten aber nur dort. Moderne Jäger spezialisierten sich auf Wrestling.

Wrestling ist ein cooler Sport,
sieht man gut gebaute Männer dort,
und lass dir sagen,
im Leben ist es wie im Ring,
die eine mag das, die andere nicht,
das mit dem Lasso-Ding.

Beim Lassoschwingen muss man beachten,
es sollte nicht länger sein, als sie dachten,
wäre der Schreck sonst zu famos,
beim Hoselassen wird das Gelächter ganz groß.

Selbst der Unternehmer,
nennen wir ihn Undertaker,
ist ein wahrer Heartbreaker,
zieht er vor jedem seinen Hut,
der im richtigen Rhythmus das Lasso schwingt, so richtig gut.

Macht im Leben das Lassoschwingen

auch am meisten Spaß,

neben einer Tüte voller Gras,

die Ektase bringt den geilsten Bären

aus dem Konzept,

aber du bist Herr über deine Soldaten,

und die gehören nicht in jedes Bett.

Ein letzter Rat für die, die Wrestling lieben,

lass den Gummi niemals liegen,

dessen Inhalt vertraue niemanden an,

es sei denn, sie ist es wert, die holde Madam.

Die täglichen Prüfungen

Waldis Zeit im Himmel neigte sich dem Ende. Er sollte als Sohn von Pfiffi-Daniel neu geboren werden. Am siebenten Sterbetag von Bruno wurde Waldi-Bernd von Pfiffi-Daniel gezeugt. Pfiffi-Daniel war ein wahrer Kenner des Wrestlings. Er hatte den Tod seines Vaters schnell verarbeitet und wollte sein Erbe gebührend antreten. Auch wenn er Innenarchitekt wurde, hatte er viele Freunde im Bekanntenkreis seines Vaters und somit in Bruno-Herberts Welt Einfluss auf die Politik.

In seinen Träumen sprach Bruno zu ihm, es drohe größte Gefahr, sollte Manfred Glasbauer Kanzler werden. Die Werte der Demokratie gingen dann verloren. Bruno-Herbert war gerade mal sechs Tage tot und Manfred sprach von Reichtum und Dekadenz für jeden Deutschen. Es wäre an der Zeit, den Geldhahn für die schwächeren Länder zuzudrehen, da diese nun entschuldet wären und die Deutschen lange genug von der Welt ausgebeutet worden seien. Pfiffi-Daniel setzte daraufhin auf Gegenpropaganda. Da die Partei von seinem Vater eine Kanzlerin namens Dorothea Müller stellte, schlugt Pfiffi-Daniel dieser Partei vor, im Wahlkampf Manfred mit dem Führer zu vergleichen. Einen zweiten Führer würde die Welt nicht überleben, sei auch das Programm dessen Partei noch so vielversprechend. Das Volk sollte sich mal überlegen, welche Partei ihre Wahlversprechen jemals eingehalten habe. Es existierte nur eine Partei, die das tat, die von Bruno-Herbert. Dem jetzigen Wohlstand verdankte das Volk Bruno-Herbert. Außerdem solle er in Frieden ruhen.

Wenn sie wüssten, welchen Spaß Bruno jetzt hatte, dann wäre eine noch nie dagewesene Selbstmordrate das Ergebnis, und nur die lebenden Höllenhunde würden um jeden Lebtag ringen. Dabei war das Leben der Weg, der die Richtung des Pfades bestimmte, und zwar entweder nach oben oder nach unten. Zu glauben, gütig zu sein, und tatsächlich gütig zu sein, waren zwei ganz unterschiedliche Dinge. Wahrhaft Gütige sprechen nicht über Güte, sie handeln wie ein Gütiger. Die darüber sprechen, können auch den Weg nach oben gehen, würden aber unten ankommen. Manfreds Weg zeigte eindeutig nach unten und er hatte sein Hoch im Leben hinter sich. Jeder Tag beherbergte eine neue Prüfung.

Die Ruhe vor dem Sturm spüren,

noch eine Prüfung ist zu bestehen,

wohin wird das Leben mich führen?

Viele Fragen, wie wird's danach weitergehen?

Das Ertragen von Lampenfieber,

wird's reichen, das Ergebnis, mal wieder?

Egal, wie die Prüfung auch ausfällt,

jedes Ereignis im Leben ist eine Lektion.

Mit Ruhe einfach hingehen,

ist das Erwartete auch nicht wie bestellt,

am Ende bleibt es doch nur eine Station,

was auch kommt, es wird immer weitergehen.

Der nordische Geist

Pfiffi-Victor, der Millionen verlor, da er nicht Lotto spielte, setzte im Leben auf die von seinem Vater gelegten Werte wie Harmonie, mehr geben als nehmen, nur Lügen, wenn es einem guten Zweck diente, die Moral der Gerechten … Da er diese Werte in allen Universen, in denen er lebte, verteidigte, sollte er in einigen als Märtyrer sterben, in anderen unbekannt durchs Leben gehen und in wenigen das Erbe seines Vaters weiterführen.

In einem Universum lebte Bruno-Igor als Wikingerhäuptling. Die Nordvölker schafften es, die Weltherrschaft zu erlangen. Deren Himmel Walhalla war das Paradies, welches auf der Erde fehlte. Bruno-Igor schaffte es, sein Volk davon zu überzeugen, dass gute Politik friedvolle Lösungen findet und Gewalt verabscheut. Kriminelle bekamen eine Chance, am normalen Leben teilzunehmen. Gefängnisse waren in dem Sinne abgeriegelte psychiatrische Einrichtungen, in denen ein Umdenken stattfinden sollte. Diese Welle des friedvollen Miteinanders lobte die Unterschicht auf der ganzen Welt. Pfiffi-Victor sollte in dieser Welt die Häuptlingsrolle seines Vaters übernehmen.

Die Staatstrauer dauerte nun mittlerweile sechs Tage und Pfiffi-Victor sollte am zehnten Tag die Führung der Nation übernehmen. Da in dieser Welt die Elektrizität noch nicht entdeckt worden war, die biologische und chemische Forschung aber der Primärwelt 500 Jahre voraus waren, konnten schwierige, genetisch bedingte Krankheiten sehr gut therapiert werden. Pfiffi-Victor sollte sich dafür einsetzen, die Nahrung ökologisch zu gewinnen und allen Menschen auf der Welt eine gesunde Ernährung zu ermöglichen. Es lebten auf dieser Welt circa eine Milliarde Menschen und 55 % der Bevölkerung arbeiteten nebenbei in der Landwirtschaft. Durch ein gut durchdachtes Bildungssystem erlernten die Menschen im Schnitt vier bis fünf Berufe in ihrem Leben. Durch diese generalisierte Spezialisierung existierte keine Arbeitslosigkeit. Pfiffi-Victor sollte außerdem die Wehrpflicht abschaffen und die Armee sollte nur noch für humanitäre Zwecke und zur Terrorbekämpfung eingesetzt werden.

Die Trauer nach dem Verlust,
es reicht der große Frust,
mit äußerst ausgiebiger Lust.

Eine ungewisse Zukunft steht offen,
auf magische Gegebenheiten hoffen,
viele Ereignisse haben mich getroffen.

Weiter entwickelt sich der Geist,
so ruhig bin ich manchmal gereist,
Im Leben lernte ich das Streben,
der Ernst der Sache war stets gegeben.
Großartige Bücher machten mich weise,
am Ende wird alles ganz leise.
Das nächste Ziel steht auf meiner Reise.

Waldis Wiedergeburt

Nachdem die Zeit abgelaufen war, wurde neun Monate nach Bruno-Herberts Tod Waldi-Bernd als Sohn von Pfiffi-Daniel wiedergeboren. In Bruno-Herberts Universum war Pfiffi-Daniel die rechte Hand von Kanzlerin Dorothea. Er ermunterte Dorothea, die partnerschaftlichen Beziehungen zu den Amerikanischen Staaten auf eine freundschaftliche Basis zu reduzieren und enge Beziehungen zu Russland aufzubauen. Da die Amerikaner sowieso eine Politik des starken Binnenmarktes verfolgten, wurde in Russland ein großer Absatzmarkt für deutsche und europäische Produkte aufgebaut, wodurch ein Boom im eurasischen Raum ausgelöst wurde. Die russische Flugzeugindustrie fand einen enormen Absatzmarkt in der EU. Die Rohstoffe wurden für die EU günstiger, denn der Weg von Asien war kürzer als von Amerika und der russische Bruder gelangte im Gegenzug zu geringen Rohstoffpreisen günstig an europäische Technik. Da Russland auch der Eurozone beitrat, wurde der Euro die neue weltführende Währung. Es kamt durch dieses Umdenken der Europäer zu einem neuen Weltmachtverhältnis. Die neue Weltmacht wurde die EU und die Amerikaner sollten an Einfluss in der Welt verlieren. Die Briten hatten dadurch mehr Vorteile als Nachteile, da der neue Markt ökonomisch das Pfund stärkte, weil der Euro durch die Bodenschätze Russlands stabiler war. Wenn in dem Atemzug auch noch die Ukraine in die EU aufgenommen würde, hätte das kolossale Auswirkungen auf die Effizienz der Landwirtschaft durch die Kornkammer in der Ukraine. Spätestens dann müsste der Welthunger nachhaltig für eine sehr lange Zeit besiegt sein. Eigentlich hatte Bruno-Herbert ihn schon besiegt, nur nicht nachhaltig.

Waldi-Bernd wurde von Pfiffi-Daniel und Jenny liebevoll groß gezogen. Er lernte schnell und Pfiffi-Daniel sah nur Gutes in ihm. Schnell erkannte Waldi-Bernd, dass Pfiffi-Daniel auf der Seite der wirklich Guten steht und nicht auf der, die behaupten, sie seien die Guten. Das zu unterscheiden, lernte er bereits im Kindergarten.

Wie es im Leben so geht,
nur wer Leid erlebt,
das Glück richtig versteht.

So hat alles Schlechte einen Sinn,
wenn dann folgt ein glücklicher Beginn,
und zwar nicht erst am Ende, sondern mittendrin.

Es gibt so viel Kummer,
Mitleid zu erregen, versucht so mancher Dummer,
kommt sogar durch mit seiner Nummer.

Zu erreichen die Wende,
damit der Schmerz nimmt ein Ende,
reicht es nicht zu klatschen in die Hände.

Um Selbstverwirklichung zu erreichen,
sollten wir Freude spenden oder dergleichen,
von dem alten Gedankenkarussell abweichen.

Wir ernten, was wir säen,
jeden Tag mit einer guten Tat begehen,
dann werden wir wahres Glück verstehen.

Der Wahn der Haufen

In einer Parallelwelt war der Überwachungswahn der Regierungen so ausgeprägt, dass selbst kleinste Delikte Strafen nach sich zogen. Wenn beispielsweise Hundehalter den Kot auf der Straße liegen ließen, wurde per DNA Analyse festgestellt, von welchem Tier der Haufen stammte und wann er gelegt worden war. Jeder Mensch und jedes Tier wurde in einer DNA-Datenbank erfasst. Mithilfe einer Bewegungsprofilanalyse wurde ermittelt, wer zum Tatzeitpunkt am Tatort war. Sollten hiermit die beteiligten Personen nicht gefunden werden, wurde der Hundehalter bestraft. Personen, die Müll liegen ließen, bestrafte der Staat genauso wie die Hundebesitzer.

Enorme Ermittlungskosten schreckten die Bevölkerung ab, straffällig zu werden, da die Täter diese selbst tragen müssen. Die meisten lobten diese Politik, wenige endeten in einem Berg von

Schulden durch diese Bagatellen. Dieser bittere Nebengeschmack hatte aber auch sein Gutes. Schwerkriminelle wurden zu 99,73 % überführt. Ein weltweit vernetztes Kriminalamt arbeitete eng mit allen Geheimdiensten zusammen, um die Kriminalität zu bekämpfen. Dabei wurde eruiert, nach welchem Strafgesetz die Täter bestraft werden sollten. So konnte es sein, dass ein Serienmörder in ein Land abgeschoben und verurteilt wurde, in dem es die Todesstrafe gab. Ein noch großer Vorteil entstand durch diese Politik: Es wurden jede Menge Arbeitsplätze geschaffen. Einige Verbrechen wurden aber nicht geahndet, da diese keinen wirklichen Schaden anrichteten. Dazu zählten beispielsweise Raubkopien für die private Nutzung. Da der Täter sich die Software legal nie kaufen würde, entstand für den Softwarehersteller kein Schaden.

In diesem Universum hatte Waldi-Marco keinen Einfluss auf die Politik. Pfiffi-Guido arbeitete in dieser Welt als Hacker. Er arbeitete für den Staat und fand viele Schwachstellen in IT-Netzwerken, die er beseitigte. Waldi-Marco war sehr stolz auf seinen Vater Pfiffi-Guido und genoss in seiner Kindheit ein wohlbehütetes Heranwachsen. Er sollte später in die Fußstapfen seines Vaters treten und die IT sicherer machen. Stolz spürte er wegen den Leistungen seines Opas Bruno-Fabian, welcher als Softwareentwickler eine neue Effizienz in der Prototype-Softwareentwicklung etablierte.

Ein Haufen – mal größer, mal kleiner,

gehört in den Mülleimer.

Kann man sich damit auch prima bräunen,

jagt der Geruch so manchen Affen aus den Bäumen.

Gläsernheit für Sicherheit,

ist das ein Patent für die Ewigkeit?

Nicht alle sind dafür bereit,

sei es auch noch so gescheit.

Das Geheimrezept des Chinesen

Die Macht der OPEC im Primäruniversum ließ die führenden Industrienationen eine Politik der Energiewende führen. Viele Nationen setzten dabei auf Kernkraft. Da Bruno-Stefan das große Geheimnis der Engpässe mit ins Grab genommen hatte, war die Enddeckung der kalten Kernfusion in weite Ferne gerückt. Bruno-Stefan wusste, die Menschheit war noch nicht weit genug entwickelt für diese Errungenschaft.

Wenige Länder setzten auf erneuerbare Energien bei dem ewigen Wettstreit um Energie. Waldi-Paul widerfuhr eine wohlbehütete Kindheit. Obwohl Pfiffi-Gerd als Kriminalinspektor arbeitete, ließ er seine Arbeit nicht ins Familienleben fließen. Seinen schrillsten Fall erlebte er mit dem Gaststättengewerbe. Ein Chinese bereitete für seine Gäste die Speisen aus Hundefutter zu. Geschmacklich hatte dieses Restaurant einen guten Ruf. Als das Restaurant aufflog, stellten sich viele die Frage, ob mit dem Essen nicht nur Hundefutter, sondern auch Hunde verspeist worden waren. Das konnte Pfiffi-Gerd aber nicht nachweisen. Aufgeflogen war das Restaurant durch einen Passanten, der sich fragte, warum in dem Müll des Chinesen so viel leere Dosen Hundefutter lagen. Nachdem der Chinese überführt worden war, ging eine Klagewelle seiner Gäste ein, die ihn in den Ruin trieb.

Pfiffi-Gerd erzog Waldi-Paul mit der besten Droge.

Nun sitzen wir alle beieinander,

ein jeder trägt des Schicksals Last,

„Wer schleppt das größte Päckchen?",

fragt der Fahnder.

Hier kommen wir nun zur Rast.

Die Gemeinschaft schafft für uns einen Segen,

auch wenn Sonnenschein ersetzt wird durch Regen.

Gegenseitig das Leid klagen,

es hilft uns, was wir sagen.

Was bleibt das Geheimnis der Heilung?

Natürlich wirkt der glücklich, der in diesem Element ist.

Einige haben davon keine genaue Peilung,

die größte Droge dir zeigt, wer du bist.

Seite 112

Luzifers Verführungsversuch

Der Teufel erkannte seine große Chance, Waldi in die Hölle zu locken und ihn auf seine Seite zu ziehen. Wäre da nicht Pfiffi gewesen, der ihn erzog, und Bruno als sein Schutzengel. Attentate auf Pfiffi wurden in allen Universen vereitelt. Da Bruno im Himmel weilte, konnte Luzifer keine Krankheiten auf Bruno übertragen. In einigen Universen, in denen irdische Magie existierte, gab er Waldi die Gabe der schwarzen Magie und warb mit dieser in Waldis Träumen. Somit verfügte Waldi in diesen Universen über schwarze und helle Magie.

Luzifer wusste nicht, dass Waldi auch die helle Magie beherrschte, da er diese noch nie eingesetzt hatte. Die größten Magier beherrschten je eine Form und mussten sich diese Kunst hart erarbeiten. Waldi bekam die Magien in die Wiege gelegt. Waldi in der Primärwelt träumte aufgrund dieser Universen von den schier unbegrenzten Möglichkeiten mit diesen Fähigkeiten. So konnte er durch Wände fliegen, Tote auferstehen lassen und vieles mehr. Da Waldi genetisch kerngesund war, blieb er von schlimmen psychischen Krankheiten verschont. Die Gedanken psychisch Kranker wurden ferngeleitet und sie bekamen das sehr zu spüren, weil sie ausgelacht wurden, wenn sie davon erzählten.

Waldi jedenfalls nutzte seine Fähigkeit, um seine Vorfahren in seinen Träumen zu ihren jeweiligen Lebzeiten kennenzulernen. Er ließ sie in seinen Träumen in den Paralleluniversen auferstehen. Die Seelen freuten sich sehr darüber, weil das für sie eine Chance war, mit ihren Weisheiten des Himmels oder mit ihren Erfahrungen in der Hölle kurzeitig nochmals zu leben, und zwar in einer magischen Welt.

In einigen dieser magischen Welten lebten die Menschen mit den Bubleranern zusammen. Ein bestimmtes Universum verfügte nur über helle Magie. In diesem Universum lebten ausschließlich Gottes treuste Seelen. Luzifer hatte in früheren Zeiten das einzige

Universum, welches nur schwarze Magie enthielt, gegen das Universum des Nichts getauscht, wovon die Hüter nichts wussten, außer dem Hüter des Universums der schwarzen Magie, welcher dann das Universum des Nichts hütete.

Waldi verehrte den ewigen Frühling in den Universen der hellen Magie.

Diese fantastische Ruhe,

das himmlische Gezwitscher der Vögel,

leichter Regen fällt auf das Laub,

die Terrasse und die Möbel.

Fiese Wolken stehen am Himmel, die Luft ist frisch,

seichte Schwingungen der knospenden Äste,

Wassertropfen plätschern auf den Tisch.

Ein Ort der Ruhe, weggeblasen die Melancholie,

das lustige Eichhörnchen erregt die Fantasie.

Zwei Oachkatzlschwoaf, die miteinander spielen,

was der Tag auch bringt,

ich gehe hinein mit guten Gefühlen.

Die Entschärfung der biologischen Zeitbombe

Rubos, der das gefährliche Virus in einer Parallelwelt freigesetzt hatte, hatte die Formel für das Gegenmittel mit einem 128-Bit-Verschlüsselungsprogramm auf seinem Arbeitsrechner verschlüsselt hinterlassen. Ein halbes Jahr nach dessen Freisetzung war schon die halbe Menschheit verrückt geworden. Einzig die Parkinsonkranken erhielten Genesung. Da auch in dieser Welt Waldi als Waldi-Rüdiger lebte und sein Vater Softwareentwickler Pfiffi-Erik noch nicht verrückt geworden war, ließ Bruno Pfiffi-Erik ein grandioses Programm entwickeln. Er half ihm durch Eingebungen, einen Algorithmus zu entwickeln, welcher auf einem Rechner mit Achtkernprozessor und 64 GB Arbeitsspeicher jede 128-Bit-Verschlüsselung in zehn Minuten entschlüsselt.

Zufällig fand Rubos Chef den Dateiordner, in dem die Daten zum Virus gespeichert waren. Kurz bevor er verrückt wurde, publizierte der Chef die verschlüsselte Datei unter dem Titel: Wer diese Datei entschlüsselt, der rettet die Menschheit.

Das war die Bewährungsprobe für Pfiffi-Eriks-Algorithmus. Die Entschlüsselung gelang. In letzter Minute, kurz vor einem Wahn, ließ, Pfiffi-Erik von einigen Chemikern die Formel ausführen und testete die Chemikalie an sich selbst. Alle schädlichen Viren wurden in seinem Körper vernichtet.

Die Chemikalie hatte aber eine üble Nebenwirkung. Ihm wuchs eine dritte Brustwarze, die eine milchähnliche Substanz, welche wie Eiter aussah, ausstieß. Der Ausstoß der Substanz fühlte sich wie ein multipler Orgasmus an. Dieses Kribbeln auf der Brust machte Pfiffi-Erik süchtig. Immer und immer wieder drückte er die Substanz aus der neuen Warze heraus. Diese Nebenwirkung trat nur einmal bei zehn Millionen Probanden auf.

Dieses Kribbeln in der Brust,

eine neue Form der Lust,

das wird mich prägen

auf all meinen weiteren Wegen.

Eine Laune der Natur,

Vergnügen pur,

als Lohn für die Rettung der Menschheit.

Dank der Eingebung sind wir

nun von dem Virus befreit.

Teuflische Verhandlungen

Gott beauftragte Bruno, Luzifer über die Auflösung des Universums des Nichts zu informieren und mit ihm neu über die gefangenen Hüter zu verhandeln, da diese nun für Luzifer wertlos waren und keine Universen mehr im Nichts verschwinden konnten. Bruno reiste für einen Tag in die Hölle und diskutierte mit Luzifer. Als Luzifer erfuhr, dass das Universum des Nichts nicht mehr existierte, verfluchte er den Herrn und forderte Wiedergutmachung. Bruno erklärte ihm, die

Hüter hätten einstimmig der Auflösung des Universums zugestimmt und in einer Demokratie zählten die Stimmen der Wähler.

Bruno meint des Weiteren, ein Wunsch ließe sich vielleicht noch erfüllen, wenn Luzifer der Freilassung der Hüter aus dem Himmelsgewahrsam zustimme. Nach kurzer Überlegung sagte Luzifer, dass er für die Freilassung der Hüter Einfluss auf die Welt der Bubleraner auch im Primäruniversum bekommen wolle. Dabei war sein Hintergedanke, dass er vielleicht durch die Freilassung des Hüters des Universums des Nichts ein neues Schreckensuniversum gründen könnte.

Nach Absprache mit Gott gewährte Bruno Luzifer den Eintritt in die Welt der Bubleraner.

So kamen die Hüter frei und es entstanden einige neue Universen. Außerdem wurden in einigen Schlüsseluniversen mehrere Hüter eingesetzt, da bei diesen durch Fehlentscheidungen der Hüter fatale Auswirkungen auf das Gleichgewicht im Himmel entstehen könnten. Schlüsseluniversen sind Universen, in denen Seelen vom Höllenhund zum Schutzengel konvertieren können. Einzig im Primäruniversum war die Konvertierung in beide Richtungen möglich. In allen anderen Universen blieben die Seelen immer das, was sie waren.

Da nun in allen Schlüsseluniversen mindestens zwei Hüter zusammenarbeiteten, hatte Luzifer noch mehr Schwierigkeiten, dort die Fehler der Hüter zu nutzen. Und womit Luzifer nicht gerechnet hatte, war, dass es dem Hüter des Universums des Nichts im göttlichen Gewahrsam des Himmels besser gefallen hatte als unter der Verantwortung des Bösen. Aus diesem Grund blieb dieser Hüter freiwillig im göttlichen Gewahrsam und genoss eine zuvor nie erlebte Harmonie. Die Entscheidung des Hüters des Universums des Nichts blieb im Himmel ein Geheimnis.

Mit Satan streng verhandelt,

jetzt eine gutmütige Welt sich wandelt.

Was wie ein kleines Opfer erscheint,

Höllenhunde vereint.

Die zuvor noch als Engel agierten,

nun sich selbst engagierten.

Die Zukunft dieser Welt bleibt offen,

zwischen Bangen und Hoffen.

Satan und die Bubleraner

Im Primäruniversum in der Welt der Bubleraner fand Luzifer bei den Palappen schnell einen Anhänger. Der Palappe Powler erklärte als Erster dieser Welt den Begriff Eigentum und ergriff Besitz von den Wasserwerken. Die Wasserwerke seien nun Eigentum der Palappen, erklärte er. Die anderen intelligenten Wesen akzeptierten diese Machtergreifung über das Wasser, da sie keine Nachteile befürchteten. Ein halbes Jahr später explodierten jedoch die Preise für Wasser und erstmals fühlten die Bubleraner den Wunsch nach Genugtuung. Sie erklärten die elektrische Energie zu ihrem Eigentum. Mit dieser Gegenwehr hatte Powler nicht gerechnet.

Locke hatte viel von Waldi und Bruno gelernt. Er wusste, jede satanische Tat erforderte eine wohlüberlegte Gegenmaßnahme. Im Gegensatz zu den Palappen verlangten die Bubleraner nur von den Palappen horrende Preise für den Strom. Das wurde den Palappen zu viel und sie entmachteten Powler, der nun als Erster in dieser Welt bestraft wurde und die Bevölkerung erklärte ihn für verrückt. Der Eigentumsanspruch wurde von den Palappen wie von den Bubleranern zurückgenommen. Powler kam in Gewahrsam. Auf der Erde begann der Herbst.

Die Natur stellt sich ein auf Pause,
bei dem schmuddeligen Wetter
bleibt jeder lieber zu Hause,
der Wind zerwühlt richtig die Krause.

So macht die dunkle Jahreszeit manchen depressiv,
zu sehen ist das aber relativ,
sollten einige denken über den Herbst negativ.

Wann können wir sonst erledigen viele Sachen?
Wir können lernen, darüber zu lachen,
sobald wir es uns drinnen gemütlich machen.

Im Sommer treibt das bunte Leben die Pheromone,
es geht auch mal ohne,
der Schweinebraten schmeckt durchaus mit Bohne.

Nicht nur kulinarisch kommt jeder auf seine Kosten,
man kann Drachen treiben gen Osten,
der Drahtesel muss auch nicht einrosten.

Schönes können wir überall sehen,
wir sollten einfach verstehen,
das Leben besteht aus Kommen und Gehen.

Das magische Universum

In einem magischen Universum mit schwarzer und heller Magie setzte Waldi-Ludwig die schwarze Magie lediglich für gute Zwecke ein. Als beispielsweise ein Kind vor seinen Augen fast von einem Auto überfahren wurde, ließ er dieses Kind fliegen, um den Unfall zu verhindern. Da sich in diesem Magie-Universum Menschen und Bubleraner begegneten, konnte Waldi-Paul von den Bubleranern träumen.

Luzifer war erbost über Waldi-Ludwig, da dieser seine schwarzmagischen Kräfte für gute Zwecke einsetzte. Den lass mal in die Hölle kommen, dann werde ich ihn mir schon zurechtstutzen, so dachte Luzifer.

In dieser Welt spielte Geld eine nebensächliche Rolle, da die Magier alle ihre Wünsche durch Zauberei erfüllen konnten. Geld benötigten nur jene Seelen, die in dieser Welt keine magischen Kräfte besaßen. Das betraf aber nur eine Minderheit. 80 % der Bevölkerung konnte zaubern. Die schwarzen Magier zerstörten und die hellen Magier heilten. Da mehr helle als schwarze Magier in diesem Universum lebten, hielt sich der Schaden, der durch die schwarzen Magier entstand, in Grenzen. Sie versuchten die Bevölkerung und die hellen Magier einzuschüchtern, aber nur mit marginalem Erfolg.

Dass nun ein schwarzer Magier mit seinem Können Gutes tat, das war für Luzifer neu, und er verstand nicht, wieso. Jeder, dem er die Gabe der schwarzen Magie schenkte, hatte danach nur Böses im Sinn. Waldi-Ludwig beeindruckte mit seinen Taten auch Ramios, einen schwarzen Magier, und Juliana, eine Frau, die beide ebenfalls die schwarze Magie beherrschten. Diese beiden wechselten durch die Beeinflussung von Waldi die Seiten. Ramios und Juliana verliebten sich ineinander und gingen fortan nur noch gemeinsam ihrer Wege, auch durch die Hölle. Die drei wurden Freunde.

Sigrid-Trude lebte in dieser Welt als Mensch und war mit Waldi-Ludwig liiert. Sie führten eine Musterehe, aus der Benni-Jochen und Laola-Regine hervorgingen. Diese Familie lebte in Luzifers Augen zu glücklich. Er hatte keine Chance, sie zu bekehren. Sie waren mit dem Bubleraner Silberhaar befreundet, welcher die helle Magie beherrschte und sie beschützte, ebenso wie viele Schutzengel. Mit der schwarzen Magie konnte Waldi-Ludwig nicht heilen, das übernahm Silberhaar, aber er konnte die anderen schwarzen Magier mit ihren eigenen Waffen schlagen. So erkannte er verzauberte Getränke, die das Bewusstsein veränderten genauso wie unheimliche Flüche oder andere Gefahren, die von der schwarzen Magie ausgingen. Einmal hatte beispielsweise der Höllenhund Helios, welcher ebenfalls in dieser Welt lebte, einen Fluch auf Sigrid-Trude gelegt, sodass diese an der Pest erkrankte. Daraufhin wandelte Waldi-Ludwig den Fluch so um, dass der Schöpfer des Fluches selbst unter den Fluch litt. Da Helios keinen Gegenfluch kannte, kam er recht fix zurück in die Hölle und Silberhaar konnte Sigrid-Trude heilen.

Das Ausmaß der Magie
bleibt eine Frage der Fantasie,
wer der bessere Magier sei,
der Knecht Satans wird nicht wirklich frei.

Einführung der Weltwährung

In Bruno-Herberts Welt war Waldi-Bernd bereits erwachsen und hatte mit Sigrid zwei Kinder. Es gab viele glückliche Menschen auf dieser Erde. Eine Sache war aber äußerst ungerecht. Die Entwicklungsländer waren durch ihre schwachen Währungen dazu genötigt, den Verdienst der arbeitenden Bevölkerung sehr gering zu halten. Waldi-Bernd und Pfiffi-Daniel waren sich einig: Diese Ungerechtigkeit muss aufhören. Sie überzeugten die Kanzlerin, einen Weltgipfel einzuberufen, durch den ein Weltmindestlohn und eine Weltwährung geschaffen wurden. Anfangs hatten die Präsidenten der Entwicklungsländer Angst vor diesem Schritt, aber so wie der Welthunger abgeschafft worden war, sollte auch die Weltarmut abgeschafft werden, dafür warben die führenden Industrienationen. Letztendlich ließen sich alle Nationen auf diesen Versuch ein. Die Zeit würde zeigen, ob das Ziel erreicht wird.

Der Kampf gegen die Weltarmut
wäre des Politikers größtes Gut,
welches er erreichen kann,
Gerechtigkeit für jedermann.

Weder eine Religion noch ein Staat
dafür sich bis in letzter Instanz einsetzen tat.
Das Gesetz spricht für die Reichen,
und nicht für die Armen oder dergleichen.

Wer den Armen gibt und den Reichen nimmt,
der ist nicht für die Politik bestimmt.
Politiker, die es dennoch tun,
ernten dafür selten Ruhm.

Sie riskieren eher noch ihr Leben,
dabei ist es so selig zu geben.
Das bleibt eben Satans Spiel,
bei dem so manches Opfer fiel.

Das diebische Volk

In einem anderen Universum, in dem Waldi-Jochen lebte, bestand die Bevölkerung aufgrund hoher Arbeitslosenzahlen zu 60 % aus Dieben. Es war ein Teufelskreislauf. Es wurden viele Menschen arbeitslos, da die Industrie für ihre Waren horrende Preise verlangte und diese deshalb nicht verkaufen konnte. Die Arbeitslosen begannen also zu stehlen. Der Handel brach ein, da die Güter kaum verkauft wurden. Deshalb stiegen wieder die Preise, da kaum Ware verkauft wurde. Ein Laib Brot sollte beispielsweise 20,00 € kosten. Das Durchschnittseinkommen der Arbeitslosen lag bei 600,00 €. Wohnungsmieten wurden günstig. Eine 120 Quadratmeter große Wohnung kostete 200,00 € Warmmiete. Dementsprechend schlecht war die Instandhaltung der Immobilien. Marode Mauern und Schimmel in den Wohnungen zählten zum Alltag.

In dieser Welt hatte der Kapitalismus restlos versagt. Aufstrebende sozialistische Parteien versprachen Besserung. So kam es, dass eine sozialistische Partei ihre Chance bekam. Zwar hatte daraufhin jeder Arbeit und ein Einkommen, mit dem die Grundbedürfnisse befriedigt werden konnten, aber die Gewohnheit des Stehlens blieb noch eine gewisse Zeit bestehen. Durch die sozialistische Umerziehung der Kinder durch den Staat setzte sich erst in der nächsten Generation die Erkenntnis in der Bevölkerung durch, dass sich die Bevölkerung durch Diebstahl selbst schädigte. Im Gegensatz zum kommunistischen Sozialismus setzte dieser Sozialismus auf Marktwirtschaft statt auf Planwirtschaft und hatte Erfolg.

Kläglich versagt Vater Staat,
von Dieben geplagt.
In einer Gesellschaft leben,
bei der alle sich etwas nehmen,
was ihnen nicht zusteht,
der Ehrliche nicht besteht.
Alle wünschen sich einen Wandel,
in dem sich wieder lohnt der Handel.

Die Welt der Lebensshows

In einem anderen Kosmos wurden auf der Erde komplette menschliche Leben von Geburt an gefilmt. Es gab die Meier-, Geier- und Schmidt-Show, in der die Leben der Betroffenen gezeigt wurden. In der Meier-Show lief die Geier-Show. In der Geier-Show lief die Schmidt-Show und in der Schmidt-Show lief die Meier-Show. Die drei Hauptdarsteller kamen in die Psychiatrie, sobald sie dachten, ihr Leben würde gefilmt und als TV-Show ausgestrahlt.

Die Ausstrahlung der Shows hatte aber noch ganz andere Auswirkungen. Viele Menschen dachten nun nämlich, sie würden auch gefilmt, und landeten ebenfalls in der Psychiatrie. Es war eine kuriose Form des Schicksals, dass einige Kranke in der Psychiatrie Fantasien entwickelten, die sie aus dem Fernsehen hatten. Im gesunden Zustand erkannten diese Leute, dass die gefilmten Personen nur eine Show in ihrem Leben kannten und nicht wie sie alle drei Shows. Insgesamt war die Verfilmung ein großer Erfolg, aber nach 45 Jahren verlangte die Bevölkerung, dass die drei Hauptdarsteller aufgeklärt würden und selbst über die Fortführung ihrer Show entscheiden können sollten.

Das öffentliche Leben
ist nicht jedem gegeben,
vorherbestimmt auf welchen Wegen,
er wandelt mit des Schöpfers Segen,
wird die Hauptperson ganz verlegen.
Wonach lohnt es sich zu streben?

Eine Welt, die Glück und Zufriedenheit einem bieten kann,
die wünscht sich so mancher Mann.
Aber wenn wir unsere Ziele erreicht haben, was dann?
Das Leben ist eine Achterbahn,
vom wahren Reichtum bis zum Größenwahn,
wir leben jetzt und nicht irgendwann!

Die moderne Form des Terrors

Eine andere Form des Terrors, bei der die Dunkelziffer der Opfer unbekannt war, war der legale Terror durch Staat und Unternehmen. Ständig wurden die Gebühren und Steuern erhöht, ohne Gegenleistungen für die Betroffenen zu erbringen. Ein Opfer von dieses Terrors war Rex. Rex hatte einen Bausparvertrag bei einer Bank. Unangekündigt hob diese die Kontoführungsgebühren um 500 % an. Als Rex die neue Summe auf seinem Kontoauszug sah, versagte sein Herz und er fiel tot um. Als Sterbeursache nannten die Pathologen einen zu hohen Cholesterinspiegel. Dabei war er durch den Schock zu Tode gekommen. Die Presse berichtete nur von Terroristen, welche tödliche Attentate mit brutaler Gewalt ausübten.

Propaganda in neuer Form,
wird in vielen Staaten die Norm.
Was sich Pressefreiheit nennt,
nicht nur eine Wahrheit kennt.

Des Journalisten Report,
ein neuer Rekord
in menschlicher Manipulation,
getäuscht wird so manche Nation.

Neue Medien für ein Wirrwarr sorgen,
wem glauben wir morgen?
Politiker bereits im Wahlkampf lügen
und ein ganzes Volk betrügen.

Ehrlich sein, das bleibt schwer,
so werden die Lügen immer mehr.
Manchmal hilft eine Lüge in letzter Not,
bevor das Leben gerät völlig aus dem Lot.

Eine Welt ohne Erdöl

In einem anderen Kosmos hatte der technische Fortschritt bereits zum Ende des 20. Jahrhunderts die Erdölressourcen verbraucht und die Menschheit musste sich auf elektrische Energie spezialisieren. Es wurde auf Techniken wie „Power of Liquid" und „Power of Gas" gesetzt, da die Stromspeicherung in Akkus zu zeitintensiv und kostspielig für die Autoindustrie war. Bei „Power of Liquid" wurde aus Strom eine dieselähnliche Flüssigkeit gewonnen, welche für Verbrennungsmotoren geeignet war. Der Vorteil dieser Technologie war, dass ein gewisser Teil alter Fahrzeuge weiterhin straßentauglich blieb. Viele Automobile konnten relativ kostengünstig umgerüstet werden. Die Technologie „Power to Gas" hingegen setzte auf Brennstoffzellen, welche als Energiequelle gasförmiges Wasserstoff nutzten. Der Vorteil dieser Technologie ergab sich aus einem geringen Entwicklungsaufwand, der Nachteil war, dass ältere Fahrzeuge umgerüstet werden mussten, was mit hohen Kosten verbunden war. Ein weiteres Pro für die Technologien ergab sich aus dem bestehenden Tankstellennetz. Bei der Lösung mit den Akkus musste hingegen jeder Haushalt mit einem Stromanschluss für ihre Autos ausgestattet werden. Bei den anderen beiden Technologien konnte die bestehende Infrastruktur der Tankstellen genutzt werden, was in dieser Welt auch geschah.

In diesem Universum bekam Waldi von Pfiffi zu Weinachten ein Elektrofahrrad geschenkt und alle genossen das Fest.

Heute ist einer jener Tage,
bei dem ich nach dem Sinn nicht frage,
genieße einfach das Zusammensein,
in Familie mit Groß und Klein.
Damit wird der Sinn auch schon gegeben,
seine Familie sollte man pflegen.
Gesegnet seien meine Lieben,
gute Gedanken werden Heiligabend siegen.

Zu selten besteht diese Runde,
wie schön bleibt doch die Stunde,
in der wir zusammenhalten,
als glückliche Familie walten.
Die Kleinsten können uns wahre Freude zeigen,
ein jeder ist auf seine Art eigen,
Glück bleibt nur in der Gegenwart präsent,
besonders bei jenem, der wahren Glauben kennt.

Wie war das noch mal mit dem Weihnachtsmann,
der alle Menschen glücklich machen kann,
und zwar im Hier und Jetzt?
Eine Magie, die manch einer unterschätzt.

Die Unifusion

Der Erfolg der Zusammenarbeit mehrerer Hüter an einem Universum ermutigte einige Hüter, Fusionen von Universen zu beantragen. Auf dieses Experiment ließ sich Gott ein, wobei ihm die Folgen noch nicht ganz bewusst waren. Eine Fusion war nur mit kompatiblen Universen möglich. Das hieß, es mussten die gleichen Naturgesetze gelten.

So fusionierten zuerst zwei Universen, die die gleichen Naturgesetze hatten wie das Primäruniversum. Die Folgen waren etwas skurril. Da einige Seelen in einem der zwei Universen bereits gestorben waren, lebten sie wieder, weil sie in dem anderen Universum noch nicht gestorben waren. Es wurde eine neue Krankheit ausgerufen: die Volksverrücktheit. Fast jeder kannte Menschen, die bereits gestorben waren und nun wieder lebten. Die betroffenen Personen, die wieder lebten, waren völlig normal, kannten aber das Gefühl zu sterben und trotzdem lebendig zu sein.

Dann gab es Seelen, die vorher nicht existierten, da sie nur in einem Universum präsent gewesen waren, und nun doch lebten. Die Erinnerungen an diese Personen waren plötzlich präsent und die Menschen dachten: Komisch, es kommt mir vor, als ob einige Menschen, die ich kenne, plötzlich neu sind, obwohl sie schon immer existent waren. Die Psychologen standen vor einem Rätsel, das sie nie lösen würden, da in diesen Welten davon ausgegangen wurde, dass es nur ein Universum gab.

Eine weitere Kuriosität, die durch diese Fusion bestand, war, dass Rex von dem lebenden Höllenhund Otka lange vor der Fusion in einem Universum getötet worden war. Der Kriminalinspektor hatte den Mord nicht aufklären können. Doch durch die Zusammenlegung der Welten lebte Rex wieder. Als Otka zufällig Rex begegnete, traute er seinen Augen nicht. Noch verwunderter war der Inspektor. Er hatte zehn Jahre an dem Fall gearbeitet und nun lebte das Opfer. Rex konnte zumindest klären, wer der Täter gewesen war. Um einen etwaigen nochmaligen Tötungsversuch vorzubeugen, durfte Okta sich Rex nur noch auf einen Kilometer nähern. Ihr Bewegungsprofil wurde stark kontrolliert, um dem Verbrechen vorzubeugen.

Die neue Situation hatte aber auch Vorteile. Bei der Fusion hatten positive Gegebenheiten Vorrang. Einige Singles lebten plötzlich in einer Beziehung.

Ein tiefer Atem,
vor Verlangen kaum zu erwarten,
mit voller Hingabe
in jeglicher Lage.

Wie erregend war das Vorspiel,
eine ganze Stunde mit dem Ziel
sich sehnsüchtig zu vereinen,
nur mit dir und sonst keinem.

Dann wir zwei mitten im Akt
wie die Natur uns schuf: völlig nackt,
außer Atem und durchgeschwitzt,
die Wollust tief in uns sitzt.

Das alles ist Erotik pur
und führt bei manchem zum Schwur.
Was kann es besseres geben,
als dies nur mit dir zu erleben?

Bündnisse

Unter allen Höllenhunden, die auf der Erde lebten, meint einer es gut mit Waldi. Er war Waldis Onkel. Sein Name war Blausi, da er eine besondere Vorliebe für alkoholische Getränke hatte. Ab einem bestimmten Pegel kam der Teufel aus ihm heraus und er schlug beispielsweise seine eigene liebenswerte Frau. Dieser Kontrollverlust kostete ihm seine goldene Hochzeit. Als seine Frau der Geduldsfaden riss und sie auszog, kannte Blausi nur noch einen Ausweg: Selbstmord. Für Waldi war das ein Schock. Zwar wusste er von den Schandtaten seines Onkels, aber dass dieser bis zum Äußersten gehen würde, hätte er nicht gedacht.

Da keiner kennt den Weg von morgen,
ist es gut, dafür zur sorgen,
überall Freundschaften aufzubauen,
auch wenn man nur zusammen lebt zum Klauen.

Nirgends sind wir allein,
leben, um zu sein,
lernen schon die Kleinen,
dies ist dein und dies ist mein.

Liegt die Wahrheit wirklich im Wein
oder weckt er nur das Teufelein?
In mir und in dir,
zusammen stark, das sind wir.

Die Lebensshows gehen weiter

Nachdem die Hauptdarsteller der Meier-, Geier- und Schmidt-Show über die Verfilmung ihres Lebens aufgeklärt worden waren, entschieden Meier und Geier, die Show weiterzuführen, aber als Millionäre in ihrer Show. Das ewige Leid mit Geld müsse nicht sein, da könne der Regisseur das Drehbuch doch freundlicher schreiben. Beide sagten, die ewige Angst vor Altersarmut führe in eine falsche Richtung, auch wenn das Volk durch das Leid der Hauptdarsteller froh wäre, nicht gefilmt zu werden. Der Regisseur lenkte ein und versicherte den beiden, dass Geldsorgen der Vergangenheit angehören würden. Dass nun andere Sorgen in ihr Leben treten sollten, war den Hauptdarstellern nicht bewusst. Es begann eine Zeit, in der sie durch die ganze weite Welt reisten, sehr viel von anderen Kulturen kennenlernten und sich neuen Herausforderungen stellen mussten. Was im Drehbuch stand, erfuhren sie nicht. So blieb es weiter spannend.

Geier als Choleriker widerfuhr ein Schicksalsschlag nach dem anderen. Kurz nachdem er sich mit einigen Menschen angefreundet hatte, verscherzt er es sich mit diesen Leuten durch Sticheleien und Größenwahn. Meier war ein narzisstischer Mensch, der immer zuerst an sich dachte. In der Meier-Show lief jetzt die Geier-Show und in der Geier-Show lief die Meier-Show.

Gerade der Publikumsliebling Schmidt wollte aussteigen. Dabei hatte sein Schicksal die Gemüter sehr berührt, weil er wirklich psychisch krank war. Er lebte in einer Welt, in der er mit 40 als geheilt galt und Millionär war, da das Publikum abgestimmt hatte, ihm wenigstens die Geldsorgen zu nehmen. Schmidt war eine herzensgute, ausgeglichene Seele, die positiv in die Zukunft schaute. Der Regisseur hatte eine Idee. Sie gaukelten Schmidt vor, er würde nicht mehr gefilmt werden. Sie filmten ihn aber dennoch. In dieser neuen Verfilmung lebte er als reicher Mensch, äußerlich und innerlich, weil er wahre Liebe zu verschenken hatte. Seine Fernsehfamilie blieb auch in der neuen Verfilmung seine Familie, mit der er glücklich zusammenlebte. In dieser Verfilmung lief dann die Meier- und Geier-Show. Das Volk war begeistert und genoss die Spannung der Fernsehshows.

Ein Leben lang ein Star,

vergessen, was gestern war,

zum Wohle des Volkes alles geben,

worauf sollte man Wert legen?

Bringt ein reines Herz gute Zahlen

oder liebt das Volk die Qualen?

Die Wahrheit liegt irgendwo dazwischen,

manchmal lohnt es sich, die Karten neu zu mischen.

Die Baramer

In einem anderen Universum gab es eine Spezies, die die gesamte Milchstraße bevölkerte, und das bereits im 18. Jahrhundert. In das Geschehen auf der Erde griffen sie erst ab dem 15. Jahrhundert ein.

Diese Spezies war der Menschheit 50.000 Jahre voraus, existierte aber nicht im Primäruniversum. Bevor der Ottomotor erfunden wurde, führten die Baramer, so nannte sich die Spezies, Motoren ein, die mit Salzwasser liefen und Trinkwasser ausstießen. Der Verbrauch lag bei einem Liter pro 1.000 Kilometer. Ende des 19. Jahrhunderts lebten auf der Erde fünf Milliarden Menschen, fünf Millionen Bubleraner, eine Million Baraner und noch 42 andere intelligente Gattungen. Armut und Hunger waren ausgelöscht und ein Großteil der Galaxie lebte in Frieden. Ernährt wurden diese Bevölkerungsmassen durch Anbau auf Wolkenkratzern. Da der Boden nicht genügend Fläche bot, wurde die Höhe genutzt.

Planeten, auf denen intelligente, boshafte, kriegerische Gattungen lebten, welche über Technologien verfügten, mit denen Sternenreisen möglich waren, wurden von den Baramern nicht unterstützt, sondern blockiert, sobald diese fremde Planeten erobern wollten.

Im Verband der Baramer lebte Waldi als Mensch auf dem Heimatplaneten der Baramer. Sein Großvater Bruno war seinerzeit nach Baramien ausgewandert. Auf diesem Planeten lebten insgesamt 500.000 Menschen. Der körperliche Vorteil der Menschen gegenüber den Baramern waren ihre Augen. Die Baramer nahmen ihre Welt über Infrarotwellen wahr und konnten keine Farben erkennen. Die Entwicklung der TV-Geräte war eine Erfindung der Menschen im Jahre 1876. Als Weltsprache hatte sich Deutsch durchgesetzt. Seit die der Baramer auf der Erde lebten, herrschte Weltfrieden. Mit viel Psychologie wurde den Menschen der Kriegergeist ausgetrieben. Die dazu nötige Psychologie stammte von den Bubleranern, da diese nur Frieden kannten.

Bruno schickte Waldi gute Ideen aus dem Himmel, damit der die Forschung vorantreiben konnte, die künstliche Augen für die Baramer entwickeln wollte. Als dies gelang, begriffen die Baramer den Sinn des Wortes „bunt". Anfangs waren die Baramer-Gehirne mit den bunten Bildern überlastet, aber relativ schnell waren sie von den Farben begeistert und so hatte die Eingliederung der Erde für sie durchaus Vorteile.

In diesem Universum war die Macht von Luzifer eingeschränkt. Drogen waren beispielsweise wirkungslos. Es existierte keine Möglichkeit, durch irgendwelche Substanzen einen Rausch hervorzurufen. Die Menschen erlebten Endorphine nur durch Tanzen, Lachen und Sex.

Werden die Menschen betrogen

in einer Welt ohne Drogen?

Frieden gegen Rausch,

was für ein Tausch!

Das Showende

In der Meier-Show fühlt sich Hauptdarsteller Meier mit den neuen Gegebenheiten sehr wohl. Jeden Witz, den er riss, konnte er am nächsten Tag in der Zeitung lesen. Es begann ein Wettstreit zwischen Geier und Meier. Jeder wollte der Humorvollste sein. Wie peinlich sie dabei waren, bekamen sie nicht mit.

Schmidt hingegen ging cool mit seiner Situation um. Da er sich gegen die Verfilmung seines Lebens ausgesprochen hatte, las er auch nichts in der Presse über sein Tagesgeschehen. Das Einzige, was er über sich las, handelt von seinem Aussteigen und was die

Paparazzi herausfanden, denn er war ja nun eine Berühmtheit. Einmal ging er in ein Handygeschäft, zog sein Handy heraus und fragte die Verkäuferin, was dem Handy fehle. Sie konnte keinen Mangel feststellen und Schmidt sagte: „Dem Handy fehlt eine Schutzhülle." Damit war der Witz heraus, aber er kam nicht zur Geltung, denn die Verkäuferin konnte darüber nicht lachen. Die Zuschauer jedoch schmunzelten über diesen Witz des Tages und für derart trockenen Humor liebten sie ihn.

Geier und Meier hingegen legten eine ziemliche Arroganz an den Tag, wodurch die Zuschauerzahlen in den Keller gingen und die beiden Shows nach 50 Jahren abgesetzt wurden.

Der Schmidt ist fit,

der Meier lebt wie der Geier,

ein Garant jeglicher Schand.

Wonach streben im Leben?

Meier und Geier, das ist der Brüller,

fliegen raus,

der Schmidt bleibt der Knüller,

ein Leben ohne ein vorzeitiges Aus.

Der Pfad zur Hölle

Waldi-Marcus war zornig auf den lebenden Höllenhund Gasir, da dieser seine Frau zum Krüppel geschlagen hatte. In einer von Hass erfüllten Minute kamen Gasir und Waldi zusammen und völlig unkontrolliert brach Waldi Gasir das Genick. Gasirs Kumpanen nahmen daraufhin Waldi das Leben. Nun stand Gott vor der Frage: Was geschieht mit Waldi?

Waldi machte es Gott leicht, er sagte zum Teufel: „Wenn ich meine magischen Kräfte behalten kann, dann komme ich freiwillig mit in die Hölle." Nach kurzer Überlegung stimmte der Satan zu, ohne zu wissen, dass Waldi auch über die helle Magie verfügte. Dieser Weg bedarf keiner Kunst.

Eine diabolische Begrüßung

Bei Waldis Beerdigung schien die Sonne. Es war ein lauwarmer Herbsttag. Die Blätter sorgten für eine bunte Traumlandschaft. Sein letztes Geleit wurde mit einem Trompetensolo denkwürdig zelebriert. Die Stimmung war von der Hoffnung, sich in einer besseren Welt wiederzutreffen, und von Trauer über den Verlust geprägt. Viele wünschten ihm, dass er in Frieden ruhe. Damit diese Wünsche sich erfüllten, musste Waldi aber erst einmal durch die Hölle.

Die Höllenpforte öffnete sich und Waldi schritt hindurch. Da kam auch schon Satan anstolziert. Das Erste, was Waldi wahrnahm, war ein grausige Gestank, und er fragte Satan: „Hast du im Schweinestall in der Gülle geschlafen?"

Worauf der Teufel erwiderte: „Also wenn du mein Geheimnis wissen willst, ich putze mir nie die Zähne." Er hauchte Waldi an. Der kippte gleich komplett aus den Latschen und war erst einmal eine halbe Stunde lang ohnmächtig.

Als er erwachte, musste Waldi sich gleich dreimal übergeben. Dann sagte er zu Luzifer: „Ich sehe, du hast Platz geschaffen und dein Personal minimiert."

Darauf fragte der Teufel: „Wie meinst du das?"

Waldi antwortete: „Die Hölle war vor zwei Millionen Jahren halb so groß und es gab hier jede Menge Seelen."

Darauf sagte Satan: „Was weiß ich, was vor zwei Millionen Jahren war. Ich merke mir nur, was letzten Monat passiert ist. Das Einzige, was ich aus der Zeit davor weiß, ist, dass alles sehr stressig war. Alle hier in der Hölle haben die Krankheit des Vergessens. Seitdem ich diese eingeführt habe, leben wir ohne Stress. Nur dich, Waldi, und Bruno habe ich mir gemerkt. Ihr müsst zu mir, egal, was geschieht. Und da bin ich jetzt auf dem richtigen Weg."

Waldi nahm Luzifer gleich den Wind aus den Segeln und erklärte ihm: „Bruno verweilt bereits im ewigen Himmel. Nun brauchst du einen anderen Plan."

Zornig zeigte ihm Satan die drei hässlichsten Hexen der Hölle und sagte: „Das sind hier unten deine Begleiter, Weiber, die keiner will."

Worauf noch hoffen,

wenn der Höllenpfad ist offen?

Komme ich dort jemals raus

oder stehe ich für immer im Aus?

Ich habe einen Plan

und so gehe ich voller Elan

einen unbequemen Weg,

auch wenn dieser führt über einen Steg.

Blausis Chance

In der Hölle lief Blausi Waldi zufällig über den Weg. Weil Blausi sich an Waldi nicht erinnerte, half Waldi mit heller Magie nach und gab ihm sein Erinnerungsvermögen zurück. Als Luzifer das bemerkte, war er erst überrascht und dann richtig sauer. Er wusste nicht, woher Waldi diese Gabe hatte. Zu seinen Lebzeiten hatte er sie nie benutzt. Dann wurde dem Teufel klar, egal, welche Krankheit er Waldi aufbürdete, er würde sich selbst heilen können. In seiner Hölle lebte jetzt eine neue Macht und er, der Teufel, saß nicht mehr allein auf dem Thron.

Blausi jedenfalls hatte die Erinnerung an sein Leben wieder und wusste nun auch wieder, dass Waldi auf der Erde sein Neffe war. Waldi fragte ihn, warum er so gewalttätig zu seinen Lebzeiten gewesen wäre. Blausi erklärte ihm, er hätte mit Satan einen Vertrag geschlossen, er sollte ein geselliges Leben führen und alle zum Lachen bringen, das hatte er unterschrieben. Im Kleingedruckten stand aber, dass er durch den Schnaps auch ein Tyrann werden würde.

Waldi fragte ihn: „War der Schnaps die Hölle wert?"

Diese Frage konnte Blausi nicht richtig beantworten, da er den Himmel nur vom Hörensagen kannte. Er sagte, er ginge lieber den einfachen Weg, wenn der Weg in dem Himmel so schwierig wäre. Er hätte bereits dreimal als Mensch gelebt und mit der Macht Satans hätte er immer teuflischen Spaß gehabt.

Darauf fragte Waldi: „Rechtfertigen drei Leben die Ewigkeit in der Hölle? Fühlst du dich hier so wohl?"

Jetzt begann Blausi nachzudenken und fragte, ob es wirklich so schön im Himmel sei.

Waldi antwortete: „Wer den Frieden liebt, gehört in den Himmel."

Blausi meinte, nur im Suff bevorzuge er Streit, aber glücklich würde er damit nicht. Waldi erklärte ihm daraufhin, wenn er es schaffen würde, seine Sucht nach Alkohol hier in der Hölle abzulegen, dann hätte er im nächsten Menschenleben gute Chancen, danach in den Himmel zu gelangen, sollte er nun als Tier reifen, um als Mensch geboren zu werden. Dann nahm ihm Waldi die Sucht ab und erklärte ihm, die Gewohnheit müsse er aber selbst ablegen, dagegen gebe es keine Magie.

Satan bot Waldi daraufhin einen Freifahrtschein zurück ins Leben an. Waldi nahm ihn dankend entgegen und fragte noch, wie lange er gültig sei.

„Einen Tag", sagte Satan.

Waldi suchte daraufhin nochmals Blausi auf, gab ihm den Freifahrtschein und sagte: „Nutze deine Chance Blausi."

Wer sagt schon Nein

zu einem Freifahrtschein

aus der Hölle heraus

in ein Leben als Maus.

Luzifer bekommt einen Rivalen zu sich,

ist göttliche Magie bei ihm lächerlich?

In die Hölle kommt das Gute,

dem Satan wird ganz anders zumute.

Kann ihn nicht rausschmeißen,

wird sich wohl die Zähne daran ausbeißen.

Luzifer, der Verzweifelte

Obwohl die drei Hexen, mit denen Waldi sich in der Hölle abgeben musste, einen äußerst hässlichen Charakter hatten, empfand Waldi eine Liebe für sie, wie er es vorher nicht gekannt hatte. Da Sigrid garantiert nicht in die Hölle kommen wird, war Treue nicht notwendig. Waldi ließ sich also bei den drei Hexen auf körperlichen Sex ein – alle Hexen in der Hölle sind nymphomanisch. Das brachte aber auch Schwierigkeiten mit sich. Die Wollust der Hexen konnte nur bedingt befriedigt werden, da die Herren der Schöpfung den Nebeneffekt eines Katers nach dem Akt tolerieren mussten. Dieser hielt zwar nur zwei Stunden an, war dafür aber sehr intensiv. Mithilfe heller Magie heilte Waldi seine Hexen von deren Drogensucht. Die klare Wahrnehmung ohne Drogen überraschte die drei. Obwohl sie sich derartig boshaft gegen Waldi verhielten, dass jeder normale Mensch sie hassen würde, begegnete Waldi ihnen freundlich und hilfsbereit. Sie fragten sich, warum Waldi so handelte, also fragten sie ihn danach. Waldi entgegnete ihnen: „Das sind die Tugenden, die der Himmel lehrt."

Daraufhin wollten sie noch mehr vom Leben im Himmel wissen und Waldi begann zu schwärmen. Was sie richtig verblüffte, war, dass das Liebesleben im Himmel keine Nebenwirkungen hat. In der Hölle gab es keine Befriedigung und der Akt zog bei Hexen Schmerzen nach sich, als ob sie gerade ein Kind gebären würden. Nun waren sie neugierig und wollten wissen, wie sie in den Himmel gelangen könnten. Waldi erklärte, ein Weg sei es, die zehn Gebote einzuhalten. Der andere Weg bestünde aus Rechtschaffenheit, sie müssten gerecht, hilfsbereit und voller Güte in ihrem Leben sein und sollten sie vom Weg abkommen, sei es wichtig, auf den richtigen Weg zurückzufinden.

Den Hexen war aber nicht bewusst, dass Geben seliger ist denn Nehmen. Was sollte gut daran sein, sich ausnutzen zu lassen? Solange sie das nicht verstanden, würde sich der Himmel zwar nicht verschließen, aber sie hätten maximal eine Karriere als Schutzengel vor sich. Das würde Waldi hoch erfreuen, da er dann drei Seelen auf den richtigen Weg gelenkt hätte.

Satan suchte nun Kontakt zu Waldi und wollte verhandeln. „Was willst du von mir als Gegenleistung dafür, dass du aus der Hölle verschwindest? Die helle Magie kann ich hier nicht aushalten", sagte er.

Waldi antwortete: „Meine drei Hexen und ich können ins Leben zurück, wann wir wollen, und uns aussuchen, als welches Tier wir zurückkehren möchten. Dieses Angebot steht für zwei Wochen."

Damit kehrte Luzifer auf seinen Thron zurück und überlegte, was seine nächsten Schritte sein sollten.

Eine ungewöhnliche Liebe,

kaum befriedigt die Triebe,

lernen sie von einem Netten,

sich zu befreien aus den Ketten.

Dass der Leibhaftige verzweifeln kann,

glaubt nicht jeder Mann.

Die Hölle mit Güte füllen,

bringt Satan richtig zum Brüllen.

Teuflische Verhandlungen, die Zweite

Luzifer ließ die Zweiwochenfrist verstreichen und Waldi foltern. Da Waldi die schwarze Magie beherrschte, ließ dieser seine Peiniger das Zehnfache an Schmerzen spüren, sodass alle Foltermeister ihn kein zweites Mal foltern wollten. Diese Episode dauert zwei Monate und Satan gingen die Foltermeister aus. Er hatte mittlerweile auch vergessen, warum Waldi gefoltert wurde, aber er wollte Waldi immer noch aus der Hölle verbannen.

Also fragte er Waldi erneut, was der Preis für sein freiwilliges Gehen wäre. Waldi antwortete, in der Hölle müsse eine Prüfung etabliert werden, an der jede Seele teilnehmen könne, und bei Bestehen dieser Prüfung bekäme die Seele ein Leben im Primäruniversum. Sie solle sich außerdem aussuchen können, als welches Tier sie wiedergeboren wird. Die Prüfung sollte auch testen, ob die Seele genug Gutes für den Himmel in sich trüge. Zudem bekäme Waldi einen unbefristeten Freifahrtschein aus der Hölle. Dieses Angebot gelte ein Jahr lang. Wenn Satan sich innerhalb des nächsten halben Jahres dafür entschied, würde Waldi auch nie wieder in der Hölle erscheinen.

Damit kehrte Luzifer auf seinen Thron zurück und überlegte sich seine nächsten Schritte.

Waldi lernte nun das Leben in der Hölle richtig kennen. Die Seelen, die zu Unrecht in die Hölle geraten waren, zum Beispiel wegen einer unüberlegten brutalen Tat, waren hoffnungslos gefangen. Sollte Waldi seine Forderung durchsetzen können, hätte er eine Grundlage für das Gute, Hoffnung und mehr Gerechtigkeit in der Hölle geschaffen. Andere Seelen waren wie für die Hölle geschaffen, sie hatten nur Böses im Sinn. Diese an das Gute heranzuführen, war nur vereinzelt möglich.

In jeder freien Minute erzählte Waldi seinen Hexen von der Schönheit des Himmels. Langsam verstanden sie, dass Güte keine Schwäche, sondern seelische Stärke bedeutete. Ein Leben in Ehrlichkeit konnten sie sich aber nicht vorstellen. Waldi erklärte ihnen aber, wer immer nur ehrlich sei, wäre nicht intelligent. Notlügen seien legitim. Und sie könnten vorbildliches Verhalten bereits hier in der Hölle üben. Mit seiner hellen Magie befreite er seine Hexen von Schmerzen und anderen Qualen. Er versprach ihnen, sie würden wahre Freude verspüren, sollten sie sich dem Guten widmen. Was sie nicht verstanden, war, wie ein Dasein ohne schnell wiederkehrende Triebe möglich sein könnte. Waldi versprach ihnen himmlischen Spaß in unvorstellbarer Fülle.

Zwischen Himmel und Hölle steht das Leben,

gesegnet der, dem es wird gegeben.

Nicht alle Seelen nach dem Himmel streben,

manche leben lieber verwegen.

Sie sind bei Satan gut aufgehoben,

ein Vegetieren jederzeit verlogen.

Alle können wir nicht retten,

darauf könnt ihr wetten.

Luzifers Gegenangebot

Der Teufel war wütend, da er nun zwar in der Welt der Bubleraner Einfluss nehmen konnte, aber er noch keinen Bubleraner im Primäruniversum bekehrt hatte. Was er absolut nicht verstand: Wenn er sich in Bruno-Herberts Universum befand, dachte er, die Seite Gottes wäre die einzig richtige Seite. Ihm war nicht bewusst, dass in diesem Universum die Dimension der Einsicht herrschte und tief in seinem Inneren spürt er, dass er auf der falschen Seite stand. Mit der hellen Magie hatte er somit noch mehr Probleme in der Hölle.

Luzifer hatte zwar als Überbringer des Lichts freiwillig den Himmel verlassen, weil ihm Gerechtigkeit zuwider war, aber mit der klugen Schlagfertigkeit des Herrn und seiner Anhänger hatte er nicht gerechnet. Die Jagd nach den Hütern hatte sich erledigt, es sei denn, es würde ihm gelingen, das Universum des Nichts neu zu erschaffen und dessen alten Hüter zu bekehren. Dieses Ziel hatte er aber völlig aufgegeben. Diese vielen Hürden zu meistern, war für den Satan unmöglich.

So unterbreitete der Teufel Waldi den Vorschlag, sollte er innerhalb von drei Tagen die Hölle verlassen, bekämen auch seine drei Hexen einen Freifahrtschein. Als Gegenleistung wollte er wissen, was das Besondere an Bruno-Herberts Universum sei und wie die Bubleraner zu bekehren wären. Wenn sich Waldi darauf nicht einließe, so drohte Luzifer, würde er Waldi nie aus der Hölle herauslassen.

Waldi sagte daraufhin nur: „Wir werden sehen. Erst einmal feiere ich Weihnachten."

Es ist eine schöne Tradition,
Weihnachten bei Reim und Ton
in geliebter Runde zu sein,
wenn sie wächst, ist das auch fein.

Alle wirken glücklich,
ein grimmiges Gesicht ist nicht schicklich,
doch wissen wir wirklich, wie es den anderen geht?
Nicht bei jedem das letzte Jahr aus Glück besteht.

Glück ist das Einzige, was mehr wird, wenn wir es teilen,
demnach müssen wir mit jenen verweilen,
die zum Teilen bereit,
sich nicht über Geld freuen, sondern über die Mehrsamkeit.

So ist Heiligabend mit Glück bestückt, wer sich nur über die
Geschenke freut, ist verrückt.
Sind wir heute zusammen mit jenen,
die uns den Schlüssel zum Glück, zu wahrer Liebe geben.

Der Freifahrtschein der Hexen

Waldi feierte erst einmal in der Hölle Weihnachten und freute sich
über himmlische Grüße von Bruno. Höchst begeistert teilte Bruno ihm
mit, dass im Himmel alle Waldi feiern würden, weil er dem Teufel so

entgegentrete. Dieser sei nun mit seiner Hölle so beschäftigt, dass er das Alltagsgeschehen in den Universen nur nebenbei wahrnehme.

Nach Weihnachten kam Luzifer erneut auf Waldi zu und wollte wissen, ob er sein Angebot annehmen würde. Waldi unterbreitete Satan ein Gegenangebot. Wenn die drei Hexen einen Freifahrtschein bekämen, dann würde er ihm einen Trick verraten, wie er die Bubleraner bekehren könnte.

Nach gründlicher Überlegung willigte Satan ein und gab den drei Hexen einen Freifahrtschein. Waldi erklärte dem Teufel dann, wie durch eine chemische Reaktion die Gene der Bubleraner so beeinträchtigt werden könnten, dass eine Mutation entsteht, die bösartige Auswirkungen nach sich zieht. Die Einfachheit dieses Vorgehens ließ Satan an sich zweifeln – warum, zur Hölle, war er nicht selber darauf gekommen?

Bei einem chemischen Experiment ließ Satan bei der Bubleranerin Perlenfee die DNS mutieren. Die Folge war, dass ihre Nachkommen machtgierige Narzissten wurden, die impotent waren. Zwar wurden die schlechten Gene dominant vererbt, aber sie konnten nur an eine einzige Generation weitergegeben werden. Das wusste Luzifer zum Glück aber nicht, denn Waldi hatte wieder einen Trick angewendet, den Luzifer nicht durchschaute.

Immer einen Schritt voraus

sind die Kriminellen, wie es scheint.

Sie zu fangen wie eine Maus,

ist der damit gemeint,

der die besten Fallen baut,

dem die Welt vertraut.

Satan ist zwar schlau,

doch wer ihn kennt genau,

kann ihn leicht durchschauen

und clevere Fallen bauen.

Wenn das Gute am Ende siegt,

haben wir uns nicht umsonst bekriegt.

Die Irrenburg in der Hölle

Da Waldi sich nun allein fühlte in der Hölle, da seine drei Hexen nicht mehr bei ihm waren, war er leicht empfänglich für Schizophrenie. Als er völlig verwirrt durch die Straßen in der Hölle zog und mit einem Deo-Spray die Leute nervte, kam er in eine Zwangsjacke. Er hatte den Reifen eines Busses mit dem Deodorant besprüht und danach auf einem Hof die Bediensteten belästigt, indem er deren Autos ebenfalls mit dem Deodorant besprüht hatte. Und dann sagte er zu ihnen: „Euer Auto stinkt wie Sau!" Da holten diese ihren Chef und der fragte Waldi, von wo er sei. Da Waldi gerade im Dienst eines Überprüfungsvereins stand, erklärte er ihnen, dass er von dem sei. Er war zwar nicht angestellt, hatte dort aber eine Schulung gemacht. Als er sich ausweisen sollte, zeigte er ihnen eine goldene Golfclubkarte. Daraufhin kam der Transporter mit der Zwangsjacke.

In der höllischen Irrenburg musste Waldi erst einmal seine Witze wiegen. Die Waage zeigte mal mehr, mal weniger Gewicht an. Dementsprechend, so meinte er, seien seine Witze mal gut oder schlecht. Im gleichen Atemzug outete sich Waldi als schwul. Er erklärte, die ganze Menschheit sei schwul, denn wer mag schon keine Männer. Die anwesenden Schwestern waren schwul oder eine fette Sau. Eine fette Sau aber mochte Waldi besonders und erklärte, sie sei eine gute fette Sau. Ob er bei ihr auf Gegenliebe stieß, blieb fraglich, denn sie beurteilte Waldi kritisch. Waldi kam sich in der Irrenburg vor wie auf einem Bauernhof. Der eine Mister wirkte auf Waldi wie ein Stallmeister, da in dessen Behausung auf dem Fußboden eine Pfütze war, die nach Stall roch. Hier konnte Waldi sich nicht selbst helfen und ging das Risiko ein, mit dem Verlassen dieser Anstalt für längere Zeit verrückt zu bleiben. Er hatte aber das Glück, in der Hölle von gestürzten Engeln behütet zu werden, die zu Unrecht dort verweilten. So bekam er von denen das passende Mittel gegen seinen Irrsinn und gesundet bald wieder.

In der Hölle verrückt zu sein,

das ist nicht fein,

während Satan-Fans feiern

und sich deswegen beeiern,

lässt der Irrsinn erkennen,

Affen sich als Sieger nennen.

Was wär ein Leben ohne Affen,

die noch nicht einmal raffen,

nicht jeder wird das andere Ufer erreichen,

ohne schwul zu werden oder dergleichen.

Ist man auch am Boden und am Ende,

sie kommt bestimmt, die nächste Wende.

Der Patt in der Hölle

Luzifer hätte gern die Zeit genutzt, in der Waldi schizophren war, aber leider galt auch in der Hölle das Gesetz, dass man mit unzurechnungsfähigen Seelen keine Verträge abschließen kann.

Als Waldi wieder gesund war, drohte Satan ihm, er würde auch im wahren Leben diese Krankheit bekommen, es sei denn, Waldi verließe sofort bedingungslos die Hölle. Daraufhin erklärte Waldi, diese Krankheit sei leichter zu ertragen als Folter und wenn es in der Hölle schon Spaß bringe, verrückt zu sein, dann könnte es im Leben nicht schlimmer sein. Und da sich die Halbjahresfrist, die Waldi gesetzt hatte, gerade dem Ende zuneigt, sagte Waldi zu Luzifer noch: „Heute ist der letzte Tag, an dem du mich für immer aus der Hölle entlassen kannst. Dieses Angebot kommt kein zweites Mal."

Dem Satan schien das relativ egal zu sein, obwohl er innerlich kochte, und er sagte: „Du bringst den Laden hier ganz schön durcheinander, das nächste Mal wirst du nur aufgenommen, wenn du deine magischen Kräfte ablegst. Solltest du dich weigern, dann ziehe ich meinen letzten Joker, dich ins Nichts verschwinden zu lassen. Zwar wurde das Universum des Nichts abgeschafft, aber nicht das Nichts selber. Diesen Joker habe ich bisher bei keiner Seele gezogen, da noch niemand so widerspenstig war wie du. Also, solltest du nochmals in einem Leben versagen und sollte dein Zorn erneut in einem Mord enden, dann bist du die erste Seele, die im Nichts verschwindet, es sei denn, du verzichtest auf deine magischen Kräfte. Als Nächstes wird hier unten bei mir deine Gutmütigkeit in Zorn verwandelt, bevor ich deine Bedingungen erfülle."

Waldi erwiderte: „Bevor meine Gutmütigkeit in Zorn transformiert wird, wirst du die Hölle auflösen."

Es bleibt also spannend, wie dieses Patt ausgeht.

Mit einem letzten Joker in der Hand

endet Waldis Schicksal eventuell im Sand.

Das unvorstellbare Nichts sich in Reichweite begibt,

für eine Seele, die im Himmel wird so geliebt.

Zumindest ist er gewarnt,

Luzifer seinen Plan enttarnt.

Es läuft nicht immer alles glatt,

manche Situation endet in einem Patt.

Brunos Analyse seiner selbst

Bruno analysierte im Himmel nebenbei sein letztes Leben und freute sich über die Highlights. So konnte er zum Beispiel bei einem seiner spektakulärsten Theaterauftritte im Kindesalter sein Verhalten aus verschiedenen Perspektiven betrachten. Er riss einen Riesenwitz, den er bei den Proben nicht gebracht hatte. Dieser Witz war so spontan inszeniert, dass Bruno selbst über seinen Humor überrascht war. Im Himmel konnte er diese Situation aus der Sicht aller Beteiligten betrachten und das in Farbe. Jetzt kannte Bruno seine Gönner und seine Neider. Von den Zweitgenannten hatten die wenigsten den Weg ins Himmelreich geschafft. Auch über andere Gegebenheiten konnte er sich immer wieder erfreuen. Oder er musste sich schütteln wie zum Beispiel bei seiner Arie in der zehnten Klasse, bei der er leider wirklich gar keinen Ton getroffen hatte. Oder bei seinem Bauchluftalarm, als sich plötzlich das Klassenzimmer lehrte und er in Ruhe seine Stulle essen konnte. Dieser Geruch war wirklich extrem eklig gewesen. Derartige Höhepunkte fühlten sich immer wieder gut an.

Die melancholischen Zeiten betrachtet er als ein Übel, welches er nun verarbeiten konnte. Besonders bei seinen Beziehungen mit vorgespielter Liebe, welche seine Gutmütigkeit auf die Probe gestellt hatten, benötigte er eine gewisse Zeit, um sie objektiv verarbeiten zu können. Bruno erkannte, wie seine Krankheit ihm gezeigt hatte, wer ihn wirklich liebt, ihn, den gutmütigen Intellektuellen, der auch verrückt sein konnte. Im Himmel wurde ihm klar, warum diese Seelen so unaufrichtig gehandelt hatten. Es war, wie so oft, das Ego der Seelen, welches Schwächen als Hindernis und nicht als Chance betrachtete.

Gerne erinnerte sich Bruno an seine Heimatstadt. Sie hatte ihm zwar beruflich nicht viel zu bieten gehabt, aber was brauchte man mehr als eine Familie, die einen liebt?

Deine Blüte in der Mittelalterzeit,
hält noch wenige Prachtbauten bereit,
hattest die größte Hallenkirche in der Mark,
einst mächtig und stark.

Deinen Charme hast du niemals verloren,
etwas Besonderes der, der in dir geboren.
Gabst deinen Kindern die Gabe,
das Beste zu machen in jeglicher Lage.

Bin ich froh, ein Kind dieser Stadt zu sein,
mag jedes Gebäude, ob groß oder klein,
liebe deinen Menschenschlag,
Prenzlau – Hauptstadt der Uckermark.

Die Bekehrung von Hans

Waldi traf Helios in der Hölle und kam mit ihm ins Gespräch. Helios meinte, seitdem der Platz sich verdoppelt und die guten Seelen freigelassen wären, wäre der Tod nicht mehr spannend. „Was hatten wir hier früher für grausige Feste und Befriedigung durch die

Folterung von Seelen. Da aber kaum gute Seelen nachkommen, ist das Dasein hier unten nun triste."

Waldi fragte Helios, woher er wisse, wie es hier früher war. „Alle hier unten, die ich nicht heile, haben ein Langzeitgedächtnis von nur vier Wochen."

Helios erklärte Waldi im Vertrauen, er sei ein gestürzter Engel der Heilung. Deshalb habe er ein intaktes Langzeitgedächtnis. Dann schwärmte er Waldi vor, wie gut es gewesen sei, die Seiten zu wechseln – kein schlechtes Gewissen beim Töten, sich nehmen zu können, was man will, das wären seine Hauptargumente. Anderen die Taschen vollhauen, dass sich die Balken biegen, und gespannt deren Reaktionen zu beobachten, das solle Waldi doch auch einmal ausprobieren, bevor er urteilte. Waldi verzichtete aber gern.

Waldi wollte nun wissen, warum Helios die Seiten gewechselt hatte. Wie so oft war eine Frau im Spiel. Er hatte sich hoffnungslos in eine Hexe verliebt. Auch wenn diese keinen Kontakt zu Helios pflegte, begab sich Helios in ihre Nähe und sang das Lied ihres Vorgesetzten, also Satans. Da Satan sein Gedächtnis schonte, konnte er Helios wegen der Vergangenheit befragen. Helios gestand, dass seine Hexe auf Satan stand. Da kam Waldi eine Idee und er erklärt Helios, seine Hexe hätte einen Chefkomplex. Wenn er sie erobern wolle, müsse Helios Satans Platz einnehmen.

„Wie soll das gehen?", wollte Helios nun wissen.

Waldi erklärte ihm, er habe da schon eine Idee, Helios solle sich überraschen lassen.

Helios sagte dann zu Waldi: „Mein Spitzname ist Hans. Nenne mich nun so."

Heute kommen wir durch die Mitte,
sind vielleicht nicht der Erste, Zweite oder Dritte,
machen es wie der freche Hans,
denn der kann's.

Sich den besten Platz aussuchen,
in einer rauen Zeit,
lass die anderen doch fluchen,
wir sind für die Gaben bereit.

Am Ende wird uns allen warm
ums Herz und gefüllt ist auch der Darm,
der eine hat etwas Scham,
weil der andere lässt einen fahren.

Da einige eh aus Koffern leben,
ist es das Schönste, danach zu streben,
die kurze gemeinsame Zeit zu genießen,
sich zu wärmen, zusammen das eine

oder andere zu beschließen.

Waldis undurchsichtige Taten

Waldi fragte Satan, wann er das letzte Mal gelebt hätte. Die Frage konnte Satan nicht beantworten, da sein Gedächtnis nur vier Wochen zurückreichte. Daraufhin meinte Waldi: „Mit deiner Macht als Lebendiger könntest du ganze Welten aus dem Gleichgewicht werfen."

Satan überlegte kurz und stimmte Waldi dann zu. „Aber was geschieht in dieser Zeit mit der Hölle?", fragte Satan dann.

Waldi antwortete, Helios sei doch prädestiniert als Nachfolger, da er ein für die Hölle unbeschreiblich gutes Gedächtnis hätte. Dem stimmte Satan zu, aber er meinte, solange Waldi hier unten sei, bliebe auch er hier.

Waldi erwiderte: „Du kennst meine Bedingungen."

Im Himmel dachten die Engel, Waldi würde langsam verrückt, dass er Satan ins Leben schickte. Bruno suchte Kontakt zu Waldi. Waldi erklärt Bruno: „Vertraue mir. Du musst nur in meinem nächsten Leben dafür sorgen, dass ich mit dem Satan zur selben Zeit lebe und dass ich, bevor er in die Hölle zurückkehrt, im Himmel bin. Mehr kann ich dir nicht sagen, da wir hier abgehört werden."

Satan hörte das Gespräch mit und überlegte: Wenn dieser Waldi in den Himmel zurückkehrt, dann habe ich hier in der Hölle wieder freie Bahn. Und lebendig kann ich als Leibhaftiger viel besser unschuldige Seelen bekehren. Ich dachte immer, der Waldi sei clever. So kann man sich täuschen.

Bruno fragte den Herrn, ob Waldi verrückt geworden sei. Dieser antwortete: „Entweder das oder er steht kurz vor einem Matt. Waldi weiß, was er tut. Irgendetwas muss er da unter erfahren haben, um so zu handeln. Ich vertraue ihm."

Wie es noch nie war,

stellt er sich als dumm dar.

Den Satan ins Leben zu schicken,

der macht sich lebendig doch einen Dicken.

Genie und Wahnsinn

kurz vor einem Beginn,

die alte Ordnung abzulegen,

keiner kennt Satans Schicksal, dem er geht entgegen.

Bruno-Herberts Früchte

In Bruno-Herberts Welt war der technische Fortschritt mittlerweile so weit, dass menschliche Arbeit nur noch in der Forschung nötig war Dementsprechend stieg die Akademikerquote auf 60 % der Gesamtbevölkerung. Roboter frisierten beispielsweise die Menschen so perfekt wie kein menschlicher Friseur je zuvor. Die Landwirtschaft und die Industrie arbeiteten vollautomatisiert. Ein üppiges Grundeinkommen ließ weltweit die Armut verschwinden. Es wurde ressourcenschonend produziert und alle Produkte unterlagen einem LifeCycle, in dem die Rohstoffe zu 100 % wiederverwendet wurden. Da die üblichen Quellen für Phosphat und Erdöl erschöpft waren, wurden Quellen genutzt, die eine sparsame Verwendung dieser

Rohstoffe erzwangen. Phosphat wurde aufwendig aus dem Meer gewonnen und Erdöl aus Ölschiefer.

Um einen nachhaltigen Lebensstandard zu gewährleisten, wurde darauf geachtet, die Weltbevölkerung unter 12 Milliarden Menschen zu halten. Diese hatten einen Lebensstandard wie die ehemalige DDR-Führung. Zwar waren ihre Angestellten Roboter, aber sie dienten ihnen mindestens genauso gut wie Menschen. Auf einem Weltbürger kamen etwa 34 Roboter und dreimal so viele Computer. Deren Strombedarf konnte allein durch die optimierte Windenergie gedeckt werden. Die übrige Energie aus Solaranlagen und Wasserkraftwerken wurde für die Landwirtschaft, die Produktion der Güter und den Transport von Personen und Waren verbraucht. Alle modernen Haushalte waren Energie-Plus-Haushalte.

Der Staat erstickte Revolten und Terror bereits im Keim. Amokläufer wurden zu 98 % vor der Tat überführt. Die restlichen 2 % waren unvermeidbare Kollateralschäden.

Der Mars wurde langsam besiedelt. Ein erdähnlicher Planet war in 30 Lichtjahren Entfernung entdeckt worden und sollte ebenfalls von den Menschen besiedelt werden. Bevor die dafür nötige Technologie entwickelt war, sollten aber noch mal 2.500 Jahre vergehen. Erst dann würde man mit halber Lichtgeschwindigkeit dorthin reisen können. Das war also alles Zukunftsmusik für viele Generationen.

Eine glückliche Welt,

die Früchte von unserem Held,

Bruno-Herbert, wir danken dir

für deine Taten hier.

Ein Politiker mit deinem Mut

bekämpft die widerliche Brut,

die egoistisch regiert

und eigentlich sich blamiert,

hauptsächlich an sich denkt

und nicht ihren Staat in die richtige Bahn lenkt.

Satan akzeptiert

Kurz vor Ablauf der Jahresfrist kam Satan auf Waldi zu und sagte zu ihm: „Ich akzeptiere deine Bedingung, wenn du mit mir zurück ins Leben gehst. Ich kann nicht damit leben, dich hier wiederzutreffen, wenn ich mein Leben gelebt habe."

Darauf sagte Waldi: „Also, wenn ich dich richtig verstehe, führst du die Himmelsprüfung hier in der Hölle ein, wenn ich mit dir die Hölle verlasse?"

Luzifer entgegnet: „Genau."

Dann fragte Waldi, wann er die Hölle verlassen wolle, und Luzifer entgegnet: „Sofort!"

Da sich alle Seelen beim Verlassen der Hölle selbst aussuchen können, als welches Tier sie wiedergeboren werden möchten, hatten auch Waldi und Satan die freie Wahl. Waldi wählte die Eintagsfliege und Satan wählt den Wolf. Was dann geschah, ist ein anderes Märchen.

Ein neues Leben, eine neue Chance,

was kann es Besseres geben,

als zum Feind Distanz?

Alle Wege sind offen,

nun ist auch Satan betroffen,

den wahren Sinn des Lebens zu begreifen,

vielleicht wird er nun richtig reifen.